U0128475

从元曲中
汲取写作智慧

涵泳元曲名句，提升文化底蕴
锻炼写作技巧，学会诗意表达

姜越 编著

远方出版社

图书在版编目（CIP）数据

从元曲中汲取写作智慧 / 姜越编著. -- 呼和浩特：
远方出版社，2023.11
（"魅力经典"系列）
ISBN 978-7-5555-1912-6

Ⅰ.①从… Ⅱ.①姜… Ⅲ.①元曲—文学研究 Ⅳ.
①I207.24

中国国家版本馆CIP数据核字（2023）第140546号

从元曲中汲取写作智慧
CONG YUANQU ZHONG JIQU XIEZUO ZHIHUI

编　　著	姜　越
责任编辑	云高娃
封面设计	李　玉
版式设计	姚　雪
出版发行	远方出版社
社　　址	呼和浩特市乌兰察布东路666号　邮编 010010
电　　话	（0471）2236473总编室　2236460发行部
经　　销	新华书店
印　　刷	北京洲际印刷有限责任公司
开　　本	710毫米×1000毫米　1/16
字　　数	247千
印　　张	15.125
版　　次	2023年11月第1版
印　　次	2024年1月第1次印刷
标准书号	ISBN 978-7-5555-1912-6
定　　价	66.00元

如发现印装质量问题，请与出版社联系调换

前　言

　　元曲是中华瑰丽宝库中一颗璀璨的明珠，继承和发展古诗词的特点、形式，与唐诗、宋词鼎立并称，同为"一代文学之胜"。

　　如果说唐诗是浩瀚无垠的大海，宋词是奔流不息的大河，那么，元曲就是山间琤琤琮琮、曲折蜿蜒的溪流；如果说唐诗是国色天香的牡丹，宋词是清丽出尘的白莲，那么，元曲就是漫山遍野的矢车菊。它没有装腔作势，而是通俗易懂。因为通俗，它曾受到元代达官显贵和平民百姓的喜爱，成为有元一代具有代表性的文学艺术体裁之一，与唐诗、宋词分庭抗礼，各领风骚。

　　唐诗雄壮，宋词温婉，元曲千姿百态，曲调悠扬，意蕴深长。如果你平心静气地去读一读那些千古传诵、脍炙人口的散曲作品，你就会发现，其不在唐诗、宋词之下，而且它通俗易懂，更加贴近生活。郑振铎在《中国俗文学史》中说："他们绝对不是粗鄙恶俗的俚曲，他们不是出于未经文学修养者的手笔。他们里有极多乃是最好的抒情诗人们的杰作。他们乃是经过琢磨的美玉，乃是经过披拣的黄金。"

　　曲与诗、词，各具艺术魅力。曲，更贴近世俗生活，更接近今时语言，以雅俗共赏见胜。

　　元曲中含有丰富的文章写作技法。元曲是在宋、金说唱艺术十分发达的基础之上形成的，它本身就是从下层人民生活中生长出来的一种文学形式。它来自民间，取材于民间，流传于民间，用口语抒写大众的生活与感情，因而具有很强的民间文学气息。在表现手法上，或叙事诙谐风趣，或抒情自然淳朴，或讥评时弊，或嘲讽鄙陋，于嬉笑怒骂中显示出独特的风格。

元曲在人物描绘上，十分重视语言，语言描写个性鲜明，生动传神。同时，大量口语入曲，将传统诗词质素、民歌风韵与俚词俗语融为一体，形成一种新的文体语言风格。元曲作家娴熟的方言俚语生动地表达了人物的思想感情。本色、文采语言相互渗透、相得益彰、妙趣横生。

王国维先生说："元曲之佳处何在？一言以蔽之，曰：自然而已矣。古今之大文学，无不以自然胜，而莫著于元曲……"

元曲的伟大艺术成就着实令人赞叹，对我们当今的文章写作具有非常重要的借鉴价值。元曲与现代学生作文，在时间上、文体上的不同是不言自明的，但构想、布局、谋篇用词等诸多方面有着相通之处，元曲这块他山之石是完全可以为之所用的。

元曲作家众多，作品丰富，风格流派多样。我们选取了一些具有代表性的元曲作家作品，对其创作背景、艺术价值、写作技法等做了清晰简明、通俗实用、生动有趣的讲解，让我们了解元曲，欣赏元曲，最终在日常写作中运用元曲。

目　录

第一章　雅俗共赏，学题材选择

《〔中吕〕红绣鞋（挨着靠着云窗同坐）》

　　——感情题材的描写…………………………………………003

《〔南吕〕四块玉·闲适》

　　——隐居题材的描写…………………………………………006

《〔中吕〕卖花声·怀古》

　　——怀古题材的描写…………………………………………012

《〔双调〕水仙子·重观瀑布》

　　——咏景题材的描写…………………………………………016

《〔仙吕〕寄生草·饮》

　　——言志题材的描写…………………………………………020

《〔双调〕水仙子·夜雨》

　　——抒怀题材的描写…………………………………………026

第二章　通俗自然，学语言运用

《〔双调〕寿阳曲·别朱帘秀》
　　——日常口语的应用 ·· 035

《〔般涉调〕哨遍·高祖还乡》
　　——使用诙谐幽默的语言 ·· 038

《〔仙吕〕一半儿·题情》
　　——灵活多样的描写方式 ·· 044

《〔双调〕水仙子·为友人作》
　　——亲切平易的语言风格 ·· 048

《〔双调〕折桂令·春情》
　　——比拟使语言更形象 ·· 052

《〔黄钟〕人月圆·山中书事》
　　——让语言以真纯取胜 ·· 055

第三章　工笔细描，学刻画人物

《〔中吕〕喜春来（金妆宝剑藏龙口）》
　　——生动传神的人物描写 ·· 061

《〔中吕〕山坡羊·闺思》
　　——侧面刻画人物 ·· 065

《〔仙吕〕醉中天·佳人脸上黑痣》
　　——抓住人物特点 ·· 069

《〔中吕〕满庭芳·樵》
　　——正面与侧面描写相结合 ·· 072

《〔双调〕蟾宫曲·赠名妓玉莲》

  ——借物喻人增强感染力·················· 075

《长亭送别》

  ——突出人物性格特征·················· 078

《〔双调〕潘妃曲（带月披星担惊怕）》

  ——多种多样的心理描写·················· 088

《〔正宫〕醉太平·讥贪小利者》

  ——用动作描写刻画人物·················· 091

第四章　风格多样，学修辞手法

《〔双调〕庆东原（忘忧草）》

  ——排比手法的运用·················· 097

《〔正宫〕塞鸿秋（功名万里忙如燕）》

  ——比喻手法的运用·················· 100

《〔中吕〕惜芳春·秋望》

  ——映衬手法的运用·················· 103

《〔双调〕折桂令·寄远》

  ——设问手法的运用·················· 106

《〔双调〕清江引·钱塘怀古》

  ——拟人手法的运用·················· 109

《〔双调〕水仙子·咏江南》

  ——对偶手法的运用·················· 114

《〔双调〕沉醉东风·归田》

  ——对比手法的运用·················· 118

第五章　温婉典雅，学抒情技巧

《〔越调〕天净沙·秋思》

——情景交融法 ·· 125

《〔正宫〕醉太平（泥金小简）》

——借景抒情法 ·· 130

《〔越调〕凭阑人·寄征衣》

——矛盾心理的刻画 ·· 132

《〔中吕〕山坡羊·燕子》

——移情手法的运用 ·· 138

《〔大石调〕蓦山溪·闺情》

——曲折多致的情节 ·· 141

《〔越调〕小桃红（玉箫声断凤凰楼）》

——构思是写作的关键 ·· 144

《〔双调〕得胜令·四月一日喜雨》

——自然真切地抒发感情 ·· 149

第六章　意境深远，学景物描写

《〔中吕〕普天乐（翠荷残）》

——景物描写的方法 ·· 157

《〔双调〕蟾宫曲·扬州汪右丞席上即事》

——写景中兼抒情 ·· 161

《〔越调〕小桃红·杂咏（绿杨堤畔蓼花洲）》

——动静结合的描写方法 ·· 165

《〔双调〕庆东原（暖日宜乘轿）》

　　——白描手法的运用……………………………………… 169

《〔仙吕〕醉中天（花木相思树）》

　　——铺叙手法的运用……………………………………… 172

《〔中吕〕普天乐·西湖即事》

　　——虚实结合手法的运用………………………………… 175

《〔双调〕折桂令·过多景楼》

　　——反衬手法的运用……………………………………… 180

第七章　抒怀言志，学写事说理

《〔正宫〕鹦鹉曲·都门感旧》

　　——铺陈渲染，烘托气氛………………………………… 185

《〔中吕〕山坡羊（大江东去）》

　　——直抒胸臆，坦率真挚………………………………… 189

《〔双调〕殿前欢·对菊自叹》

　　——托物言志，委婉曲折………………………………… 192

《〔双调〕水仙子·游越福王府》

　　——借物抒情，表达心境………………………………… 196

《〔双调〕庆东原·西皋亭适兴》

　　——活用典故，阐述观点………………………………… 199

《〔双调〕殿前欢·登江山第一楼》

　　——大胆想象，善于创新………………………………… 203

《〔黄钟〕人月圆·吴门怀古》

　　——展开联想，拓展思路………………………………… 206

目录

第八章 讥评时弊，学主题提炼

《〔双调〕水仙子·赋李仁仲懒慢斋》

　　——明确主题，确立方向 ·· 213

《〔中吕〕阳春曲（笔头风月时时过）》

　　——抑扬结合，突出主题 ·· 217

《〔双调〕湘妃怨·怀古》

　　——渲染气氛，烘托主题 ·· 220

《〔双调〕清江引（竞功名有如车下坡）》

　　——开门见山，直奔主题 ·· 225

《〔双调〕水仙子·讥时》

　　——象形比喻，加分添彩 ·· 228

《〔双调〕清江引（长门柳丝千万结）》

　　——立意新颖，不落俗套 ·· 231

从元曲中汲取写作智慧

第一章

雅俗共赏，学题材选择

《〔中吕〕红绣鞋（挨着靠着云窗同坐）》
——感情题材的描写

◎ **作者**

贯云石

◎ **原文**

挨着靠着云窗同坐，偎着抱着月枕双歌，听着数着愁着怕着早四更过。四更过情未足，情未足夜如梭。天哪，更闰一更儿妨甚么！

◎ **译文**

挨着靠着在窗下一同坐着，依偎拥抱着对着月亮哼起了歌。细心听着，一下一下地数着，怀着烦恼与忧愁，四更天过去。四更已过，欢情还没有享够，觉得时间过得飞快，像梭子一样。天啊，再加上一更有什么不可以！

◎ **写作赏析**

《〔中吕〕红绣鞋（挨着靠着云窗同坐）》是元代散曲家贯云石创作的一首小令。这是一首描写男女欢会题材的曲子，全曲情景交融，形象生动，大胆泼辣。

前两句写这对恋人从"挨着、靠着"到"偎着、抱着"，从同坐到同枕，把他们整夜缠绵炽热的情态，描绘得活灵活现。

第三句从恋人"听着、数着"更鼓，到愁听更鼓，再到怕听更鼓，细致地表现出两人的心理变化。选用"四更"这天色欲亮未亮，恋人将别未别的时间，表达了他们矛盾的心理。前三句，叠用八个动词，八个衬字，俏皮活泼，生动有趣。

第四、五句用顶真的手法，一句顶接一句，渲染恋人春宵苦短的烦躁不安，具有强烈的感染力。

最后一句写恋人用反问的口吻，希望老天爷"更闰一更"。这看似既无理又天真的要求，恰好表达出恋人们爱得热烈、爱得真挚的情感。

这首小令体现了散曲的艺术特色，语言生动活泼，率真洒脱；手法新奇别致，变化多样。作者连用八个"着"字，描写欢聚之中的快乐情态以及害怕这一美好时刻过早结束的心理状态，可谓栩栩如生，跃然纸上。该曲情思纯真而不流俗，通篇言情而不庸俗。全曲描写细致真切，风格清新幽默，以女性的口吻道来，曲文虽短，但曲外之意颇长。

元曲中一些有关题情的作品写得很大胆，与古诗的含蓄不太一样。其实诗文中也有这样的内容，不过因其含蓄，就显得不那么刺眼，于是就有了"《国风》好色而不淫"（司马迁《史记·屈原列传》）这样的评语。

有些词要露骨一些，但也有一定的尺度，"销魂当此际，香囊暗解，罗带轻分"（秦观《满庭芳》）。即便这样，秦观还是受到他的老师苏东坡的批评。

这首曲前面写了那么多，其实是在为最后一句合于情而不合于理，但又是这对恋人实实在在的想法做铺垫。"听着数着愁着怕着早四更过。四更过情未足，情未足夜如梭。"天快亮了，又到了分别的时候，怎么办？他们甚至希望老天爷"闰一更儿妨甚么"。

◎ 写作技巧

抒情，就是对主观感情的抒发和表达。抒情文则是以抒发情感为主要写作目的的文章。

从情感的表达方式上讲，抒情有直接抒情和间接抒情之分。

"我爱你！"这是直接抒情。直接抒情比较直白、热烈，多用带有浓重感情色彩的判断句、陈述句等，同时经常会在句中使用感叹词，如

"好美啊""真想你呀"。

间接抒情则比较含蓄。它往往借助于叙述、描写和议论等手法来抒发感情。如"蓝蓝的天上白云飘，白云下面马儿跑……"用草原上的蓝天、白云、骏马来表达心中的喜悦之情。间接抒情的方法很多。有的借助于人或物，通过对人物行为的描写来表达。例如："妈妈欣慰地笑了。她的眼睛亮晶晶的，盯着我看了很久很久。"通过对妈妈"笑了""眼睛亮晶晶的""盯着我看"等行为描写，来表现妈妈因"我"的进步而高兴，"我"因自己的行为使妈妈欣慰而自豪的情感。这是借人抒情。有的借助于物，在对事物状态的描摹中抒发感情。例如："在这个长满了红锈的鱼钩上，闪烁着灿烂的金色的光芒！"（杨旭《金色的鱼钩》）有的借事抒情，将主观感情隐藏在对事件的记叙之中。有的是借景抒情，融情于景，通过描写景物来达到抒情的目的。有的是通过议论抒情，把自己真实的思想情感寄托在几句点睛式的议论之中。例如："这就是我们新中国的总理。我看见了他一夜的工作。他是多么劳苦，多么简朴！"（何其芳《一夜的工作》）。

一般来说，直接抒情多与写人、记事、写景、状物结合使用，在这些写作的基础上，画龙点睛或是点明题意。直接抒情还经常用于作者感受最深刻、感情最强烈的地方，以精练的语言表达浓郁的感情，带来强烈的感染力。间接抒情因其表现手法的多样和含蓄，运用得也比直接抒情更广泛。但在大多数情况下，两者是结合使用的，在间接抒情的基础上，以直接抒情点题或是升华情感，往往产生更好的效果。

抒情作文的写作要点如下：

1. 要真挚自然。抒情贵在真实。初写抒情文，一定要抒发自己真实的思想情感，切忌矫揉造作、感情虚假，否则不仅不能感染读者，反而使人产生厌恶的情绪。

2. 要健康向上。我们抒发的感情，必须具有健康的情趣，用健康的、朝气蓬勃的思想感情去打动读者。那种低级、消极、颓废等不健康的感情，我们要坚决反对。

3. 要具体生动。抒情要生动，切忌呆板和干瘪。重复老一套的东西，是不能给人以新鲜感的。不新鲜、不生动，也就不能感动读者、打动读者。

抒情就是作者借助文字抒发感情，表达爱憎。因此，抒情具有点明题旨、升华中心的作用。在一篇文章中抒情文字虽不多，但很多类文章都离不开它，记叙文也不例外。

《〔南吕〕四块玉·闲适》
——隐居题材的描写

◎ **作者**

关汉卿

◎ **原文**

适意行，安心坐。渴时饮饥时餐醉时歌。困来时就向莎茵卧。日月长，天地阔，闲快活。

旧酒投，新醅泼，老瓦盆边笑呵呵。共山僧野叟闲吟和。他出一对鸡，我出一个鹅，闲快活。

意马收，心猿锁，跳出红尘恶风波。槐阴午梦谁惊破。离了利名场，钻入安乐窝，闲快活。

南亩耕，东山卧，世态人情经历多。闲将往事思量过。贤的是他，愚的是我，争什么！

◎ 译文

想走就轻轻松松地走，想坐就安安静静地坐。渴了就喝，饿了就吃，喝醉了就唱几曲山歌，困了就在草地上躺一躺。日月漫长，天地宽广，休闲的日子好快活。

老酒已经再次酿过，新酒也酿造出来了，大家围着老瓦盆一个个笑呵呵，和山僧村翁一起饮酒唱和。他出一对鸡，我出一个鹅，休闲的日子好快活。

拴住了意马又把心猿来锁，跳出那人心险恶的红尘风波，大白天南柯梦几人惊醒过。离开了名利争夺的场所，钻入自己手造的安乐窝，休闲的日子好快活。

像陶潜一样在南边地上耕作，像谢安一样在东边山上仰卧，经历的世态人情那样多。闲暇时把往事一一思量过。贤明的是他，愚蠢的是我，还争个什么！（施旸《轻吟浅唱 折花映春：品古典诗词之美》）

◎ 写作赏析

《〔南吕〕四块玉·闲适》是元代伟大戏剧家关汉卿创作的组曲作品，由四首小令组成。这四首曲子抒写了作者闲适的生活情景，表达了作者看破红尘、放下名利、参透荣辱、与世无争的思想，也反映出作者对黑暗官场的不满情绪，表现出作者傲岸的气骨和倔强的个性。全曲语言朴实自然，毫无雕琢痕迹，形象鲜明生动，传神感人。

第一首曲子概括写出闲适生活的情景，反映了作者的心境比天地更广阔，他似乎什么想法都没有，进入了一种顺其自然的境界，正如《庄子·逍遥游》所言："若夫乘天地之正，而御六气之辩，以游无穷者，彼且恶乎待哉！"顺应着万物的本性，跟随着自然界的变化，生活在无始无终、无边无际的虚无缥缈之中，什么也不依靠，这就是道家所说的无为逍遥的境界。作者的闲适，正是对这种境界的向往，"闲快活"是进入这一境界的心情。

其实作者未必就如此闲适，快活得似神仙。如果深入了解作者当时所处的社会环境，也许可以看到快活的背后积淀着无穷的辛酸和苦闷。在封建社会里，文人们最甜的梦是"学而优则仕"，朝为田舍郎，暮登天子堂，一旦雁塔题名，龙门跃进，便可大展才华，或为国家效劳，或为私利奔波，实现理想也方便多了。但是这条路也很坎坷，荆棘丛生，陷阱遍布，一不小心跌倒下去，就会遭到灭顶之灾。

第二首曲子描写诗人与朋友诗酒欢宴的惬意场面。在一个晴朗的日子里，作者的房舍里充溢着闲适和舒畅的气氛。旧酒已被重酿，新酒也已经酿熟，满屋都充盈着香喷喷的酒味。主人呼朋引伴，在自家简陋的方桌上摆了几个旧瓦盆，里面盛满了菜肴。酒菜虽不是山珍海味，但也还鲜美可口，荤素兼有，颇为丰盛。大家围坐在一起，自由自在，不分彼此，一边品嚼着酒菜，一边吟诗唱和。不论是山僧还是野叟，读书人还是农夫，都是老朋友，无贵无贱，无尊无卑，你一杯、我一盏，你一言、我一语，你一唱、我一和，玩得随心所欲，乐得开怀如仙。

有趣的是这次宾主宴会，不是主人礼貌性地宴请客人，纯属一种打平伙式的聚餐，这在特别讲究礼仪的府第和官场，是难以见到的。"你出一对鸡，我出一个鹅"，各自带几样自种的蔬菜，大家动手，既做主人又做客人，这种平等而真诚的相聚，比起一人掏腰包来招待众人倒是公平合理得多，快活有趣得多，还确实有点返璞归真的情味。

关汉卿用朴质的文笔，描写了乡间的这一生活场景，表现了他追求一种高雅的情趣。在这里，人们和睦友好，真诚相待，不拘泥于烦琐的礼节，率性而行；邻里之间情同手足，世俗的恩恩怨怨，官场的尔虞我诈，在这里已无影无踪。杜甫在《客至》中写道："盘飧市远无兼味，樽酒家贫只旧醅。肯与邻翁相对饮，隔篱呼取尽余杯。"也是对这种情景的称道。

第三首曲子反映了作者看破红尘、放下名利，希望在归隐中安享晚年的内心呼唤。开头活用一个成语"心猿意马"。敦煌变文《维摩诘经·香积佛品》云："以难化之人，心如猿猴故，以若干种法，制御其心，乃可调伏。"这是把人的名心利欲比作奔腾的野马、跳跃的山猿，只有将它牢牢地拴起锁住，才能使其安静下来。

有些人往往为名利所支配，你争我夺，弄得疲惫不堪，结果害人害己，如梦一场。因此，古代一些知识分子看穿了名利，力图摆脱它的枷锁。关汉卿也多次流露出这种心态。这同样也是元代许多文人的共同心理。如卢挚的"无是无非快活煞，锁住了心猿意马"，庾天锡的"紧地心猿系，罕将意马拴"，都将这种心态表露无遗。

现实的种种险恶，使得古代文人长叹。屈原沉江、伍胥伏剑、淮阴饮恨的悲剧在不断地重演着，即便是金榜题名，万里封侯，终忘不了"到头这一身，难逃那一日"。于是，作者立下决心"跳出红尘恶风波"，并感慨地诘问："槐阴午梦谁惊破。"槐阴梦就是南柯梦。午梦也就是白日梦。世间人心险恶，浊浪翻滚，世人对未来的奢望乃至使已在手中的荣华富贵与南柯一梦没有两样。但真能参破这白日梦的没有几人。这些观察与思考影响着古代知识分子，因而出现了许多遁迹山林、隐居田园的隐士和逸人。在当时的社会环境下，许多知识分子走上了归隐的道路，其中有些是身居高位的大臣。当然先决条件是这些人心中能保持正念，看到官场污浊，在感受到人心险恶后退出。如果正念不坚，甚至毫无正念，只会同流合污，与世沦沉。

第四首曲子倾诉了自己为何愿意过闲适的隐居生活的苦衷，可看作是这组小令的总结。他经历了人世间的风风雨雨，看到了贤愚颠倒的现实，认为没有什么可争的。曲末一声"争甚么"，突出了作者与世无争的思想。

"南亩耕，东山卧"是作者归隐后的田园生活的真实写照。"南亩耕"取于陶渊明《归园田居》"种豆南山下"的诗意，在此含有归田躬耕的意味。"东山卧"，运用谢安隐居东山的典故。由此不难得知，似陶渊明、谢安这等雅洁的隐士生活，是作者向往已久的。作者会产生归隐山林之想的原因并非他不关心世事，恰恰相反，他也曾像陶渊明、谢安等人一样有过治国平天下以济苍生的宏伟抱负，但在经历了纷繁万种的世态人情，看透了社会世相之后，作者终于若有所悟。恍然回首，"闲将往事思量过"，明白了世态为何物，人情又为何物。虽然此处他没有明言，但这首小令使读者心中泛起深沉凝重的波澜。

《窦娥冤》中"为善的受贫穷更命短，造恶的享富贵又寿延"的善恶颠倒；《裴度还带》中"红尘万丈困贤才""十谒朱门九不开"的人才悲剧；《鲁斋郎》中"利名场上苦奔波""蜗牛角上争人我"的奔波钻营；"浮云世态纷纷变，秋草人情日日疏"的淡薄世风，所有这些，历历在目，发人深省，又似过眼云烟，轻轻飘过。作者回首往事，反复思量的结果是"贤"的是别人，"愚"的是自己，已经没有什么可争的了。（上海辞书出版社文学鉴赏辞典编纂中心《关汉卿杂剧散曲鉴赏辞典》）

◎ **写作技巧**

写作的过程是一个复杂的心理过程，它涉及感知、记忆、想象、思维、情绪等多种心理活动，是个人思想情感的文字表露，是展现个人思想的最佳形式。在写作中，我们可以自由表达自己的喜、怒、哀、乐，反映自己的生活以及自己熟悉的世界。

有了明确的写作目的、动机，写作时我们就会关注生活，运用生活，写出来的东西就不是毫无意义的废话或者无味的流水账。

生活类的文章主要是写人记事、写景状物，对此我们会强调要掌握写法，把握规律。写人记事的话，可写一件或几件事来反映人物一方面或几方面的特点。如果写一件事，要讲究记叙的"六要素"完整，内容要具体，详写事件的经过；如果写几件事，就要注意事件之间的联系，明确中心，安排好先写什么，后写什么，什么详写，什么略写。如果要突出生活化，就需要特别注意描写人物生活中的细节，再现当时的生活。不论是写人记事，还是写景状物，关键的一点是在写作时注意细节描写，以体现生活味。

在日常写作中，重点是掌握叙述、描写的技巧以及叙述与描写结合的写作技巧。当然，技巧的掌握都是服务于生活化文章这一核心内容。写作时，我们可以自由选择内容，具体描写自己的见闻、感想，也可以描写事物的形、色、声、味等特点，使人如见其形，如闻其声，如临其境。突出生活，再现生活，把事物写具体、写真切，通过细节描写展现生活味，是提高写作技巧的有效途径之一。

文章是表情达意的载体，是交流思想情感的工具。生活化往往体现在选材、立意与表达的个性化上，有真切生活感受的作文具有鲜明的个性特征。突出个性、反映生活的生活化作文，自然或不自觉地运用个性化的生活语言，没有陈词滥调、人云亦云，它的语言是活泼灵动的。

《〔中吕〕卖花声·怀古》

——怀古题材的描写

◎ **作者**

张可久

◎ **原文**

阿房舞殿翻罗袖，金谷名园起玉楼，隋堤古柳缆龙舟。不堪回首，东风还又，野花开暮春时候。

美人自刎乌江岸，战火曾烧赤壁山，将军空老玉门关。伤心秦汉，生民涂炭，读书人一声长叹。

◎ **译文**

阿房宫内罗袖翻飞，歌舞升平；金谷园里玉楼拔地，再添新景；隋堤上古柳葱郁，江中龙舟显威名。往事难回首，东风又起，暮春时候一片凄清。

美人虞姬自尽在乌江岸边，战火也曾焚烧赤壁万条战船，将军班超徒然老死在玉门关。伤心秦汉的烽火，让百万生民涂炭，读书人只能一声长叹。（说文解字辞书研究中心《元曲三百首鉴赏辞典》）

◎ **写作赏析**

《〔中吕〕卖花声·怀古》是元代散曲家张可久创作的咏史组曲，共两首。两曲都采用对比手法，前曲以凄清景象和繁华盛事对比，后曲以普通百姓和帝王将相对比。语言凝练含蓄，具有高度的概括性，不露声乐而又感慨万千，前曲典雅工巧，代表了张可久散曲的特色；后者不避口语，畅达泼辣，几近俚语，脱口而出，妙语天成，体现了"曲野"的本色。

这两首曲子慨叹秦汉时统治者之间的战争，给老百姓带来了深重的灾难，表现了作者同情百姓的思想感情。故用"怀古伤今，慨叹民苦"来概括两支曲子的中心思想最恰当不过。

两首曲子开头都先用三个典故。第一首用秦始皇建阿房宫行乐、石崇筑金谷园行乐、隋炀帝沿运河南巡游，这三个典故都是穷奢极欲而不免败亡的典型。

相比较而言，第二首更有新意。这首开头也是三个典故：一是霸王别姬，即楚汉相争时，项羽被困垓下，突围前与爱妾虞姬悲歌诀别，虞姬自刎而死，项羽突围至乌江岸也自刎而死；二是曹操被蜀吴联军大败于赤壁；三是班超空老玉门关外。一是作者运用英雄美人的典故，表达了作者对时世的看法，项羽、曹操、班超这三个秦汉时期的英雄人物，他们的功业英名虽然万古不灭，但他们的功业英名是以生民涂炭为代价的；二是作者没有褒扬三位英雄的业绩，只交代他们的失败与不得志，表明历史上像这类英雄人物不过是过眼云烟。作者对英雄人物的成败得失无所感慨，和他悯民生、体民苦的思想有关。当时的封建王朝内部，君昏臣庸，统治者之间你争我夺，为了争夺权力统治天下，他们总是打着"吊民伐罪""以有道伐无道"等为民的旗号，以取得百姓的支持，并借助老百姓的力量去实现他们的欲望，到头来遭受伤害的仍是百姓，所以作者不无伤心地发出感叹"伤心秦汉，生民涂炭"，此句也意在表达英雄美人虽有壮烈哀艳的故事，但在历史的长河中最值得同情的是苦难的百姓，最令人痛心的是天下的百姓，反映了作者最本质的情感。

（王明韶等《走进诗歌部落》）

而后首作品的结尾更是意义深刻且耐人回味，"读书人"可泛指当时有文化的人，也可特指作者本人。他含蓄地表达了如下的思想感情：用文化人的口吻去感慨历史与现实，寄寓了丰富的感情，有对"风流总被雨打风吹去""大江东去，浪淘尽，千古风流人物"的叹惋，有对"兴，百姓苦；亡，百姓苦"的责难，有对"争强争弱，天丧天亡，都一枕梦黄粱"的感伤；用文化人的思想眼光去理解看待历史与现实，加深作品的思想深度，真实准确。最后的"叹"字含义丰富，一是叹国家遭难，二是叹百姓遭殃，三是叹读书人无可奈何。

这两首怀古元曲，无论是抨击社会现实，还是审视历史，都称得上是佳作。

◎ 写作技巧

咏史与怀古都是以历史题材为咏写对象，对历史人物的功过、历史事件的成败等，发表议论，或者抒发感慨，或者借古以讽今，或者发思古之幽情。大都各有侧重，咏史诗多针对具体历史事件或历史人物，有所感慨或有所感悟而作。

作者追念古人一般是古人的身世、际遇与作者有着某种相似性，触发点在古人，落脚点在自己，具体又可以分为以下两种：

1. 对比失落型。有的怀古咏史诗着眼于个人境遇变化，借古人古事抒发自己的感慨。古人能一展抱负，建功立业，得遂心愿，而自己却因为某种原因被朝廷冷落或不能才尽其用，从而有了郁郁寡欢乃至消极遁世之心。在鉴赏这类诗词时要抓住历史人物或事件和诗人身世之间的连接点，找出二者的共通之处，就能很好地理解作品的深刻寓意。

如苏轼的《念奴娇·赤壁怀古》，周瑜在"小乔初嫁"时就立下了令"樯橹灰飞烟灭"之大功，可谓少年得志，风流倜傥，而自己人到中年双鬓染霜，却功业无成，"早生华发"，与周瑜相比，简直不可同日而语。强烈的对比生发出浓重的"人生如梦"的感慨，今世只能在清风明月间买醉。故地重游，联想古人，观照自己，正是有了这一层自我观照，才使这首词具有了更为普遍的意义，引起了很多人的共鸣，让这首

从元曲中汲取写作智慧

杰出的词作有了长久的生命力。

2. 同病相怜型。自己和古人的遭遇相同，追思古人更体现自己的不得意，感慨身世，观照自我，抒发自己渴望建功立业的念头或怀才不遇的感伤（怀古伤己）。如李商隐《贾生》写汉文帝宣室召见贾谊，倾谈神鬼不谈治国之策，实则借贾谊来写自己同样的遭遇，抒发并强化了诗人怀才不遇的感慨。

济天下拯黎民的念头使文人们更加关注国家政治、社会生活。文人们常借写古迹和古事来表达对现实的关切、热情、不满、警戒。怀古尽管触点在古，但实际上表现了作者对现实的强烈关注。现实与理想不同的时候就是怀古最有理由的时候。根据诗文中古迹或古事的现状可分以下几类：

1. 昔盛今衰型。既然是怀古咏史，现实的不尽如人意就难免使诗人触景生情，抒发盛衰之感伤，独抒思古之幽情，抒发对物换星移、物是人非的悲哀之情。这类诗作或抒发昔盛今衰的感慨，暗含对现实的不满甚至批判，多借古讽今；或忧国伤时，揭露统治者的昏庸腐朽，同情下层人民的疾苦，担忧国家的前途命运。

尤其是作为六朝古都、曾经繁华一时的金陵更是成为古代诗人感情的集合地，不知触发了多少人的怀古之情，金陵怀古几乎成为咏史诗的一个重要部分。昔日的繁华随风远去，只留下一片荒芜，这让人顿生物换星移、世事沧桑之感。

2. 物是人非型。昔日的风景依旧，只是朱颜已改。物是人非给人带来幻梦似的感觉，不由得让人冷静思考。如刘禹锡的《石头城》："山围故国周遭在，潮打空城寂寞回。淮水东边旧时月，夜深还过女墙来。"

全诗通篇写景，群山仍在，潮水依旧，月光依然，所变者为"故国""空城""旧时月",昔日繁华已逝,全诗基调凄凉不堪,句句都融合着诗人的故国萧条之感,令人不胜伤感。

3. 理性反思型。前两类诗歌,作者都置身其中,抒发一己之感慨。此一种,作者跳出来,站在历史的高度,独出机杼,表达自己对历史事实的独特观点,启迪世人。

这些诗作大多是作者在怀古咏史的同时,融进了自己切实的生活感受和独特的生活体验,具有强烈的个人意识。一种是借古讽今,劝诫今人不要一味贪图享乐、过度奢侈、穷兵黩武,以免重蹈历史覆辙(借古讽今);或是理性分析,独抒机杼,表达自己对历史事实的独特观点,启迪世人。

《〔双调〕水仙子·重观瀑布》
——咏景题材的描写

◎ **作者**

乔吉

◎ **原文**

天机织罢月梭闲,石壁高垂雪练寒。冰丝带雨悬霄汉,几千年晒未干。露华凉人怯衣单。似白虹饮涧,玉龙下山,晴雪飞滩。

◎ **译文**

天上的织机已经停止了编织,月梭闲在一旁。石壁上高高地垂下一条如雪的白练,闪着寒光。冰丝带着雨水,挂在天空中,晒了几千年,都还没有晒干。晶莹的露珠冰凉冰凉的,人忽然觉得身上的衣服有些单

薄。这瀑布啊，如白虹一头扎进涧中饮吸一般，像玉龙扑下山冈一样，又像晴天里的雪片在沙滩上飞舞。（芳园《元曲三百首精选》）

◎ **写作赏析**

《〔双调〕水仙子·重观瀑布》是乔吉的代表作品之一。作者对典故的使用也比较巧妙，没有堆砌感，并且隐于词句之中，不着痕迹，在奇伟雄健的行文之中，暗含神奇色彩，耐人寻味。此曲想象奇特，形象夸张，颇具怪诞之美，在最大限度地渲染瀑布的雄伟壮丽的同时，亦使景物的壮观与人的博大情怀相得益彰，读之酣畅痛快，如临其境。

此曲起首两句，从意义上说是流水对，即出句与对句连续在一起共同表达一个完整的意思。天上的织机停止了工作，一匹雪白的绸绢从危立的石壁上方高垂下来，寒光闪闪，瀑布的形象既雄壮，又飘逸。"天机""月梭""石壁高垂"，无不形象恢宏，这就自然而然使人慑服于这条"雪练"的气势，起到了先声夺人的效果。

"雪练"不仅气势雄壮，而且构造奇特。原来它粗看是一整幅，仔细望去，却析成一缕缕带雨的冰丝。元人伊世珍《琅嬛记》载，南朝沈约曾遇见一名奇异的女子，她能将雨丝缫丝织布，将其称为"冰丝"。乔吉可能也知晓这一民间传说。"冰丝"与"雪练"照应，而"雨"又构成"冰丝"，从"雪"到"冰"再到"雨"，既有色彩上的变化，又有形态上的变化。奇景激发了诗人的奇想，于是得到了"几千年晒未干"的奇句。说它奇，一来是因为未经人道，有谁想过瀑布的"冰丝"还需要"晒"，而事实上是晒不干的呢！二来是这一句由空间的壮观转入时间的壮观，所谓思接千载，从而更增加了瀑布的雄伟感。

前面四句以丰富的联想、夸侈的造句，推出了瀑布在天地间的整体形象，其实是远观。第五句"露华凉"出现了观察者的主体——"人"。"人怯衣单"应"凉"，而"凉"又遥应前面的"雪练寒"。

不过前文的"寒"是因瀑布的气势、色光而产生的心理感觉，而此处的"凉"则更偏重生理感觉。作者正是通过这种微妙的细节，影射了自己向瀑布步步逼近。

末尾三句就是对瀑布的深入刻画。"白虹饮涧"，出于"世传虹能入溪涧饮水"（沈括《梦溪笔谈》），这一传说起源颇古，甲骨文中就有"有出虹自北，饮于河"的卜辞。这句是在瀑流与涧面的交接处仰视瀑身，因其高入半空，故说它好似天上的白虹一头栽进涧中吸水。"玉龙下山"，是指瀑布的近端沿山壁蜿蜒奔流的姿态。苏轼写庐山瀑布，有"擘开青玉峡，飞出两白龙"（《庐山二胜·开先漱玉亭》）语，元好问也有"谁著天瓢洒飞雨，半空翻转玉龙腰"（《黄华峪十绝句·其六》）的诗句，可见诗人们常将夭矫的游龙与瀑流的形象联系在一起。"晴雪飞滩"，则是流瀑在浅水处撞击山石，迸溅水花如雪的奇观。这三句不但动态宛然，而且色彩鲜明，如同特写，既有全景的壮观，又有细节的特写，瀑布的形象充实丰满，历历在目。

这首小令写的瀑布如此鲜明壮观，生动形象，原因之一是比喻艺术极为高超。"雪练""冰丝""带雨""露华"是借喻，"白虹""玉龙""晴雪"是明喻。多角度、多层面的比喻，既描画出瀑布的动态，也写出它的静态，还写出它的色相，更为难得的是写出它流走飞动的神韵。由于多种比喻的运用，虽然曲中不见"瀑布"二字，但瀑布的奇观韵味被生动地表现出来。有人称乔吉是"曲家之李白"，如果从雄奇豪迈的浪漫主义风格看确实相类。

◎ **写作技巧**

写景文章，就是把我们平时看到的、听到的以及感触到的景物或自然风光，依照正常恰当的顺序用笔记录下来。写景文章一般多反映作者看到的，这就要求我们仔细地观察，全面地观察，用心地观察，找到景

从元曲中汲取写作智慧

点或景物个性化的特点来写。写作时要做到写出来的景物与看到的基本一致，这样才能让文章栩栩如生，使人身临其境。

写景文章最简单也最重要的技巧就是真实：看到什么写什么，听到什么写什么，感觉到什么写什么。在这些真实的基础之上，再加上作者发自内心的感受和想法，就是一篇让人称赞的写景文章。

那么要如何书写呢？

1. 描写要有顺序。写景文章的顺序有前后左右、远近高低、上下里外之分。有的文章会给人混乱的感觉，让人眼花缭乱，无法在脑海中想象出景物的样子，原因就是没有按照一定的顺序对景物进行描写。因此，我们在写景的时候，要把顺序弄清楚，最好根据映入眼帘的景物顺序来写，效果会更好。最常用的写作顺序有时间顺序和空间顺序。

（1）按空间顺序，以观察点的转移为线索进行描写。

要先确定观察点，以观察点的转移为线索进行描写。可以按照由远及近、由上到下、从左到右、从整体到部分等顺序来写。

（2）按时间顺序，写出景物在不同时间的不同特点。

按时间顺序，把景物在不同季节、不同时间段的特征清楚地表现出来，给读者留下深刻印象。

2. 运用五官把景物写具体。写出五官感受，是指写出眼睛看到的颜色、形状、动作、神态，写出耳朵听到的声音、话语，写出鼻子闻到的气味，写出舌头尝到的味道，写出身体感受到的物体温度等，充分发挥五官的作用，对景物进行细致观察。

（1）五官感受要描摹具体。

（2）写出景物的特点。

运用五官对景物进行深切感受，才能更准确地抓住景物的特点。所以，作者在写景时，不仅要具体写出五官感受，还要抓住景物特点进行描写。

3. 写出对景物的感情。文章是有感而发，情与景是分不开的。在景物描写中如果没有作者的感情，文章就会干巴巴的，没意思。如果在文章中写出自己观赏景物后的感受，用恰当的语句表达出自己的情感，那么就会做到情景交融。

4. 文辞要优美。自然景色是美丽的，令人陶醉的。因此，我们在写景色时，一定要文辞优美，语言生动形象，恰当地运用一些修辞手法。这样，文章才会给读者以美的享受。

《〔仙吕〕寄生草·饮》
——言志题材的描写

◎ **作者**

白朴

◎ **原文**

长醉后方何碍，不醒时有甚思。糟腌两个功名字，醅渰千古兴亡事，曲埋万丈虹霓志。不达时皆笑屈原非，但知音尽说陶潜是。

◎ **译文**

长醉以后没有妨碍，不醒的时候有什么可以想的呢？用酒糟腌渍了功名二字，用浊酒淹没了千年来的兴亡史事，用酒曲埋掉了万丈凌云壮志。不识时务的人都笑话屈原不应轻生自尽，但知己的人都说陶渊明归隐田园是正确的。（周羽发《元曲三百首》）

◎ 写作赏析

《〔仙吕〕寄生草·饮》是元曲作家白朴的作品。此曲以"饮"为题，而在多方歌颂酒乡的背后实则寓藏着对现实的不满。作者句句不离饮酒，其实意不在酒，而是借题以抒写其身世之恨、家国之痛，表达其对现实的极端不满。全曲思想深刻，情感哀痛，表现形式浅显达观，构思巧妙，用心良苦，在绮丽婉约之外又别开生面，堪称白朴曲中珍品。

此词写饮酒，充满醉语，醉语多为醒言，曲折而又含蓄地表达了作者的思想感情。这正是此首小令的思想所在。

白朴的这首小令表现了不思却思、欲罢不能的一种强烈的兴亡之慨和感伤意绪。"长醉""不醒"两句，表面上好像在说醉处梦中，无忧无虑，一切都可以弃之脑后，实际深含着作者内心的隐痛：醉也好，睡也好，毕竟有时有限，人生醒时多，醉时少，醉中"无碍"醒时"碍"，梦中"无思"醒来"思"，说是"无碍"，道是"无思"，恰恰说明"心病"正在于此。两句开头语便透露出作者极其矛盾和痛苦的心理状态。

"糟腌"以下三句，连用三个同义词发语，即"糟腌""醅渰""曲埋"，好似将一切济世救民、建功立业的虹霓之志都否定了，更愿千古兴亡、世事沧桑随着一醉而同归泯灭。曲中展现了一个原来胸怀大志，希望建功立业，同时对千古兴亡无限感慨的人物形象。然而江山依旧，人世瞬变，作者在国仇家恨面前感到了一种失望，泪痕犹在，心底成灰，于是寄情于酒，以期埋没所有的牵挂，一切的搅扰。有道是"举杯销愁愁更愁"，愈是想要摆脱的东西，它愈是袭上心头。纵然是用许多的杯中物来"腌"、来"渰"、来"埋"，终究无济于事。字里行间，语意情味，都揭示出作者对建功立业、家国兴亡以及曾经有过的凌云壮志耿耿于怀，拳拳在念。明人孙大雅为白朴《天籁集》作序云："先生少有志天下，已而事乃大谬。顾其先为金世臣，既不欲高蹈远引，以抗其节，又不欲使爵禄，以干其身。于是屈己降志，玩世滑稽。"孙序此说，倒颇中白朴作品肯綮，揭示出白朴玩世滑稽背后深藏着的无限凄楚苍凉的意绪。从白朴的词作中可以看出他对兴亡事是时时挂怀的："长江，不管兴亡，漫流尽英雄泪万行。"（《沁园春·保宁佛殿即凤凰台》）这是白朴居建康时的作品。几乎与此同时写的《夺锦标》，更是发出"新亭何苦流涕，兴废今古同"的悲叹。就是在他年轻时游淮扬，也同样写出调子十分低沉的词作："谩今宵酒醒，无言有恨，恨天涯远。"（《水龙吟·题丙午秋到淮扬途中值雨甚快然》）

"不达时皆笑屈原非，但知音尽说陶潜是。"这两句既是全曲的思想总结，又是点睛之笔。我们不能简单地认为作者是嘲笑屈原之"非"，而仅仅肯定陶潜之"是"。这分明是作者一如全曲的声情口吻，是愤语，是苦语，亦可以说是反语，即赞扬屈子、陶公不肯同流合污。表面上看作者将屈、陶分开来，一"是"一"非"，一为"知音"，一为"不达"，殊不知不求显达而做隐逸君子并非作者本心本意，如上文所做的分析，作者处于入世和出世极为复杂的思想矛盾之中，是非界限有时是倒置的，即"知荣知辱牢缄口，谁是谁非暗点头"（《〔中吕〕阳春曲·知几（知荣知辱牢缄口）》）。这种貌似旷达，实含酸痛的曲语，表现了作者思想上的矛盾和痛苦。不仅是白朴，其他元散曲作家的作品亦有类似的现象。对于这些作品，如不将它们放在当时的历史环境中考察，是不容易看出它们有什么积极的思想因素。王季思先生说，这类作品"在消极表现中即含有积极因素，未可一笔抹杀"（《玉轮轩古典文学论集》）。戏语并非戏语，而是痛语、狂语，亦可看作是隐语。"人生大半不称意，放言岂必皆游戏？"如此去看，白朴此曲便不那么令人费解了。

有趣的是白朴并不是很贪恋酒，他曾在《水龙吟》之一序中说："遗山先生有醉乡一词，仆饮量素悭，不知其趣，独闲居嗜睡有味，因为赋此。"可见他的"自饮"也好，"劝饮"也罢，都是为求"嗜睡"，为求忘忧不醒，此中苦涩哀痛，令人黯然，这也是理解白朴"劝饮"曲意的一个很好的解释。"饮量素悭"且又"不知其趣"的人大倡纵酒，有几分滑稽，而滑稽背后便是无尽的哀痛。

从写法上来看，这首小令篇幅很小，内涵却非常的丰富，它耐咀嚼，有意味，格调别致，韵致独到。作者紧紧围绕"劝饮"的题意，开头就触及题旨。先说"长醉"的好处，即是"劝"；继而说明为什么要"劝"，无非是为了忘忧，将功名事、兴亡事、凌云壮志一股脑儿都抛掉，以求内心之平和；最后是评论屈原、陶潜的"是"与"非"，仍然紧紧扣在"饮"字上，全曲层次分明，叙议有致，一气呵成，浑然无缝，看似随意之作，实则皆明心迹，完全是有感而发。明人贾仲明挽白朴词云："洗襟怀剪雪裁冰。闲中趣，物外景，兰谷先生。"（《录鬼簿》）这个评语不仅适用于白朴剧曲，也适用于其散曲创作。闲而不闲，意在曲外，这正是白朴的高明之处。明代朱权在《太和正音谱》中说白朴曲"风骨磊魂，词源滂沛，若大鹏之起北溟，奋翼凌乎九霄，有一举万里之志，宜冠于首"。"风骨磊魂"，是说白朴身世遭逢，幼经战乱兵燹，胸中有无限积郁；"词源滂沛"，是指白朴之曲造语多变，遣词丰富，拈句自如；"若大鹏之起北溟"等语则是状白曲的气势。白朴作品历来被视为绮丽婉约一派，所谓"娇马轻衫馆阁情，拈花摘叶风诗性"，然这首小令却别出机杼，极富自然朴素之趣。通篇如喷涌而出，不乏巧凿，却一丝痕迹不露，显示出作者高超的艺术技巧。整齐的对偶句式，生动自然。"糟腌""醅渰""曲埋"六字，意思相同，用词各别，形成一组排比句式，避免了重复的感觉，同时语言简易、浅显，富于口语感。"不达"二句，将"不达"前置，便在形式上列出了一双工对的句子；夸张的修辞手法，给人以形象的启迪，平增无限机趣；虽是口语声吻，又处处合于规矩，音韵流畅而富有节奏感，读来朗朗上口。

总之，白朴此曲表达的思想是深刻的、哀痛的，而表现形式则是浅显的、达观的，构思巧妙，用心良苦，在绮丽婉约之外又别开生面，堪称白朴曲中珍品。

◎ **写作技巧**

托物言志，是间接表现主题思想的方式之一，通过对客观事物的描写或刻画，间接表现出作者的志向、意愿。托物言志，关键是志与物要有某种相同点或相似点，使物能达意而志为物核。托物言志常借用比拟、象征等手法。

写托物言志类文章时，首先是立意。我们要注意的有以下几方面：

1. 通过某种事物描状，表现某类人或某个人的精神品质。

2. 寄寓社会、世态、人生的某些哲理。①写此物含彼意；②明写物暗喻人。

3. 要昭示人、感召人、激励人、鼓舞人生活、思考、斗争、前进。

4. 立意可发散性多元思维，从中选出最佳立意，也可逆向立意。

托物言志类文章，常把作者自己的"志"（志向、情趣、理想、追求）依托在某个具体之"物"上，所托之"物"一般是花、草、树、木或是某一具体的物体。这个"物"往往具有某种象征意义，是作者的志趣、情感或理想的寄托者。作者个人之"志"，便借助于这个具体之"物"来表达，以增强文章的感染力，表达也更巧妙、更完美。如松、竹、梅"岁寒三友"，常用于表示高洁的志向；泥土常用于抒发谦逊的情怀；蜡烛是无私奉献的代名词。

托物言志文章的写作要点是：

1. 精挑细选找准"物"。写托物言志的文章前，要进行一番搜选，以便找到一个足以寄托自己情感的"物"。并且，此"物"要极生动形象，以便自己描写时极细致、极具体。

2. "志""物"相通有交点。交点即所咏之物与所要表达的思想之间有相通相似之处，即"物"与"志"，"物"与"情"之间有内在联系。描述时，"志"要以"物"的特点为核心，"物"要能承载并传达"志"。

3. 状"物"贵在有新意。托物言志文章的重头戏在于抓住事物的特征，浓墨重彩地进行描写。唯其如此，才能体现文章的立意，才能使所言之"志"有所依托。这就要求作者善于细心观察，从新颖的角度，用新颖的手法和独特的语言来表达。

4. 字里行间真情溢。塑造托物言志的艺术形象，在状写事物时，字里行间要倾注作者的真情实意，这样才能使"物"富有思想、灵性，而且具有典型意义，顺理成章地完成言志的使命。个人之"志"与所依托之"物"合为一体，个人的志向融合在对某一具体事物形象、特点的描绘中，这样以"物"言"志"，情感表达就更巧妙、更完美、更富有感染力。

《〔双调〕水仙子·夜雨》

——抒怀题材的描写

◎ **作者**

徐再思

◎ **原文**

一声梧叶一声秋。一点芭蕉一点愁。三更归梦三更后。落灯花棋未收，叹新丰逆旅淹留。枕上十年事，江南二老忧，都到心头。

◎ **译文**

梧桐叶上的每一滴雨，都让人感到浓浓的秋意。芭蕉叶上的每一滴雨，都让人感到深深的忧愁。夜里做着归家好梦，一直延续到三更之后。灯花敲落棋子还未收，叹新丰孤馆文士羁留。十年宦海奋斗的情景，江南家乡父母的担忧，一时间都涌上了心头。

◎ **写作赏析**

"一声梧叶一声秋。一点芭蕉一点愁。"首先渲染了伤感的情绪，"梧桐""芭蕉""夜雨"在中国古典文学作品中总是和离愁、客思、寂寥、悲伤联系在一起。全曲描写了在凄凉寂寞的旅店里，形单影只、卧听夜雨的情景。全曲以雨打梧桐破题，烘托出"梧桐一叶落，天下尽知秋"（陈淏子《花镜》）的萧瑟落寞氛围。多位诗人、词人在作品中运用"梧桐"来表达心境。白居易曰："秋雨梧桐叶落时。"（《长恨歌》）王昌龄曰："金井梧桐秋叶黄，珠帘不卷夜来霜。熏笼玉枕无颜色，卧听南宫清漏长。"（《长信秋词》）温庭筠曰："梧桐树，三更雨，不道离情正苦。一叶叶，一声声，空阶滴到明。"（《更漏子》）李煜曰："无言独上西楼，月如钩。寂寞梧桐深院锁清秋。"（《相见欢》）梧桐作为凄凉悲伤的象征，在文学创作中具有很深的悲情含义。苏轼曰："缺月挂疏桐，漏断人初静。谁见幽人独往来？"（《卜算子》）孟浩然曰："微云淡河汉，疏雨滴梧桐。"（《句》）晏殊曰："绮席凝尘，香闺掩雾。红笺小字凭谁付。高楼目尽欲黄昏，梧桐叶上萧萧雨。"（《踏莎行》）李清照曰："梧桐更兼细雨，到黄昏，点点滴滴。这次第，怎一个愁字了得。"（《声声慢》）。芭蕉同样具有独特的离别愁绪。李商隐曰："芭蕉不展丁香结，同向春风各自愁。"（《代赠》）杜牧曰："一夜不眠孤客耳，主人窗外有芭蕉。"（《雨》）李煜曰："秋风多，雨如和。帘外芭蕉三两窠，夜长人奈何。"（《长相思》）南唐卢绛没有入仕时，曾经生病住店，梦见白衣妇人唱着歌劝酒，词中说："玉京人去秋萧索，画檐鹊起梧桐落。欹枕悄无言，月和残梦圆。背灯唯暗泣，甚处砧声急。眉黛远山攒，芭蕉生暮寒。"（《菩萨蛮》）林逋也曾写下："此夜芭蕉雨，何人枕上闻。"（《宿洞霄宫》）

"三更归梦三更后"点明了诗人夜不能寐、愁肠百结的心情。三更即是午夜，午夜梦回，再难入眠。"落灯花棋未收"，夜阑静，灯花落尽，雨声未停，滴滴犹如敲棋一般。宋代贺铸有词说："三更月，中庭恰照梨花雪。梨花雪，不胜凄断，杜鹃啼血。"（《忆秦娥》）可见在三更之夜，天涯孤客，更添愁绪，"三更"和"梧桐""芭蕉""夜雨"一样是孤寂的象征。作者用了这么多笔墨描写了一个清冷孤苦的夜晚，其实只有一个原因，那就是："叹新丰逆旅淹留。"《太平乐府》作"叹新丰孤馆人留"。此句出自汉高祖刘邦的典故，新丰地属今陕西临潼区东北，刘邦得天下后，将父亲接到京中，而刘父思乡之情很浓，于是将街道格局改成丰邑的样子，并另建村镇，迁来丰邑的居民，所以叫新丰。《新唐书·马周传》记载马周未发迹时，曾旅居新丰，却受客家冷遇。所以后人多用旅居新丰表达羁旅客愁、备受冷落的情怀，而并不一定是旅居新丰。从这一句可以看出全曲的意旨。天一阁本《录鬼簿》记载徐再思只做过"嘉兴路吏"。《坚瓠集·丁集》说他"旅居江湖，十年不归"。由此可见徐再思曾有北上的经历，而且滞留有十年之久，除此曲之外，他的"山色投西去，羁情望北游"（《〔商调〕梧叶儿·革步》）、"回首江南倦客，西湖诗债，梅花等我归来"（《〔越调〕天净沙·别高宰》）、"十年不到湖山，齐楚秦燕，皓首苍颜"（《〔双调〕蟾宫曲·西湖》），均可见一斑。徐再思北上旅居已是中年，郁郁不得志，华发新生，不得不感慨江南子弟他乡老的落魄与无奈。十年游宦归梦远，让他感到十分惆怅。

此曲写旅人的离愁别绪，情景交融，言短意长。起三句鼎足对，妥帖自然，没有一点做作的痕迹，可见作者的功力。中间段点出痛苦根源，有感而发，语淡味浓。各种情景古已有之，文人骚客早已描写尽致，在作者笔端却自有一番滋味，全因末三句："枕上十年事，江南二老忧，都到心头。"十年之间经历了多少事，而远在江南的双亲却总在为久客不归的游子担心。这里作者巧妙地运用了侧面落笔的手法，不写自己如何思念故乡，思念亲人，而以年迈双亲的忧思烘托出更加浓烈的亲情，遂使此曲更加独特，深扣人心。末句"都在心头"四字戛然而止，欲语还休，却又引人遐思。人总是在年华老去、潦倒他乡、沧桑落寞时，才会回首天涯，"枕上十年事"似乎说尽了作者的无力与无成，文已尽而意有余。徐再思十年北上的经历，由于资料缺失，已无法查证，只能从他的诗句中略窥一二。徐再思北上之行，无非为求仕而往。他心中有亡国之恨，有落魄文人之痛，颇有"英雄失路"的感慨。这首作品贵在描写普通人的情感和落寞，将人生的失落与亲情相融，字字未写作者，写物寓言，侧面落笔，"以我观物，故物皆著我之色彩"（王国维《人间词话》）。"词以境界为最上。有境界则自成高格，自有名句。"（王国维《人间词话》）曲是词之变体，但比词更贴近民生。王国维在《宋元戏曲史》中说过："凡一代有一代之文学：楚之骚，汉之赋，六代之骈语，唐之诗，宋之词，元之曲，皆所谓一代之文学，而后世莫能继焉者也。"元曲之美在于它更加浑朴自然、清新爽朗，"俗中透雅""雅中求俗"，它能以其特有的流行性在市井勾栏中广为流传，原因就在于它描写了普通人的生活、普通人的情感。

徐再思散曲的另一个特点是善用数字，开头"一声梧叶一声秋。一点芭蕉一点愁。三更归梦三更后"这三句，耐人寻味：连用几个相同的数词和量词，音调错落和谐，正好表现忐忑难安的心情；作者笔下，秋雨绵绵，桐叶声声，雨打芭蕉，愁滴心头，羁旅路遥，思乡情长，无限惆怅，无限感慨，全都浸透在字里行间。曲中层层递进，最少的数词却包含着最大的容量，细腻真切地表达了羁旅惆怅、光阴易逝的感慨，道出了因思乡而断肠的情怀，可以说曲因数字而有生趣，数字因曲而灵动。这一点在"九分恩爱九分忧，两处相思两处愁，十年迤逗十年受。几遍成几遍休，半点事半点惭羞。三秋恨三秋感旧，三春怨三春病酒，一世害一世风流"（《〔双调〕水仙子·春情》）中表现得更加突出。多数学者认为数字的反复叠用，有斧凿之嫌，好在《夜雨》一曲贵在真情实感的流露，而非一般的应景之作。王国维在《人间词话》中说："昔人论诗词，有景语、情语之别。不知一切景语皆情语也。"徐再思正是借助数字对秋色的描写，借景抒情、寓言写物、情景交融，真切地吐露了游子旅思之情。全曲语言朴实无华，自然流畅，而感情真挚动人。

◎ **写作技巧**

咏物抒怀是通过对客观事物的描写来寄托自己的思想感情的一种写

作手法。写咏物抒怀的作文，对所咏的"物"，要具体描绘它的形象；对于所抒的"怀"，要表达自己真挚的感情。"物"与"怀"的和谐统一是这类文章的写作重点。

1. 写景状物要生动细腻。咏物抒怀类文章少不了写景状物，因为任何感情都来自个体对景物细致的感受，否则便成为无源之水，无本之木。因此写作时要聚焦在景与物上，用生动、形象的语言将景与物的特征清晰地展示在读者面前，使人能见其形，闻其声。如莫怀戚的《家园落日》中，作者对平生所见的几幅能给人美意或充满爱意的落日的画面进行了一番细腻的描写，具体表现在对家园落日的位置、颜色、声势、背景等方面进行描写，给人以全方位的印象与感受。

2. 情景交融要和谐统一。咏物抒怀类文章主观色彩非常浓厚，它以抒写人对自然、生活和生命的感受与感悟为主。"一枝一叶总关情""一切景语皆情语"，所写景物一定要融入自己的感情，使得景与情达到完美的统一。常见的方法是在记叙、描写中插入作者的看法，或是在记叙、描写的基础上进行总结性议论。这些看法和议论，往往能起到画龙点睛的作用，使文章的思想更有深度。如《家园落日》中，作者对家园落日不惜笔墨进行描写刻画，对其内涵"特别丰富"进行一番联想和感悟，文末的抒情性文字有力地增强了文章的厚度和力度，具有感染力，表达了作者对家乡的眷恋和热爱。《不死鸟》中，作者三毛将鸟悲壮而死的场面与自己的复杂感情联系起来，表达作者对鸟儿壮举的敬意和对生命的独特感悟，给读者以无穷的回味。

3. 表现手法要灵活多样。咏物抒怀类文章对表现手法的运用显得尤为突出，使景、物、情展现出独特的魅力和深刻的主题。如《家园落日》中，作者对不同落日大肆渲染，充分发挥自己的联想与想象，运用生动的比喻、拟人等修辞，动与静、虚与实、远与近的有机结合，将落日的美丽画面呈现在读者面前，给人以美的享受。《不死鸟》中，作者将鸟儿拟人化，赋予鸟儿以人的动作、神态、心理，生动地将鸟儿的精神风貌展现出来。

总之，写好咏物抒怀类文章，要对景与物进行细腻刻画，写出其精气神来，为自己所要抒发的感受与表达的议论做好铺垫，同时要对描写的景与物适当地赋以人性化的情感色彩，这样才能使读者走进自己设计的情境之中，从而产生情感上的共鸣。

第二章

通俗自然，学语言运用

《〔双调〕寿阳曲·别朱帘秀》

—— 日常口语的应用

◎ **作者**

卢挚

◎ **原文**

才欢悦，早间别，痛煞煞好难割舍。画船儿载将春去也，空留下半江明月。

◎ **译文**

才享受相逢的喜悦，一霎时又要离别。我心里是那样的悲痛，实在难分又难舍。画船载走了你，也载走了春光，只空留下让人惆怅不已的半江明月。

◎ **写作赏析**

此曲的开端，全部使用口头语言。因作者当时感情澎湃，不可遏抑，于是脱口而出。"才欢悦，早间别，痛煞煞好难割舍"，正是作者的"真"，正是作者"心头舌尖"必欲说出的一句话，因而在感情色彩上显得特别真实、强烈而深刻。"才"字极言欢悦之短促，"早"字极言离别之骤然，两句合在一起，正是古人所说的"别时容易见时难"。从欢乐的相会遽然跌入无情的分离，作者"割舍"时的痛苦心情就可想而知了。"痛煞煞"用口语，越是平易不加修饰，越见感情的真挚。"好难割舍"四字，虽无人物情态、语言上的具体描写，却将两情依依、久驻难分的一幕完整地表现出来。诗词在这种情况下会把语言加工整饰一番，不会热辣辣直诉肺腑，而这却是散曲的优势所在。

化俗为雅，变熟为新，是作曲必须遵循的一条原则。这支曲子的结尾，在极俗极熟的声口之后，继之以极雅极新的曲辞，使之"俗而不俗，文而不文"。"画船儿载将春去也，空留下半江明月。"固然是从宋人俞国宝的"画船载取春归去，余情付、湖水湖烟"（《风入松》）的句意脱化而来，但比起俞作更富韵味，更具形象。作者在《〔双调〕蟾宫曲·醉赠乐府朱帘秀》中有句云："系行舟谁遣卿卿。"可知当初朱帘秀是乘着船来到此地的。如今，尽管难分难舍，她终于还是再一次跨上了行舟，船儿也终究离开了江岸。作者不忘叙出那是一只"画船"，因为只有这样的船只才能配得上美人的风韵。"画船儿"是美的，可惜却越离越远，而且作者觉得它载走了生活中的美，载走了希望，载走了春天，好像朱帘秀一去，春的温暖，春的明媚，春的生机和活力，都被那只"画船儿"载走了，于是字里行间透露出作者空虚寂寞、凄凉惆怅之感。末句"空留下半江明月"，进一步从眼下的留存来衬出失落的惨重。李白的《黄鹤楼送孟浩然之广陵》："孤帆远影碧空尽，唯见长江天际流。"许浑的《谢亭送别》："日暮酒醒人已远，满天风雨下西楼。"关汉卿的《〔南吕〕四块玉·别情》："溪又斜，山又遮，人去也。"都是在离人远去之后，借以眼前的景语，且都带有象征的意味。此曲也是一样，作者举目四望，只有冷清的月影在水面上瑟瑟荡漾。"半江明月"除了体现孤寂感外，还有一种残缺感，它正是作者送别朱帘秀后的残破心灵的反照。

◎ 写作技巧

丰富积累，学会运用，是全面提高写作能力的途径之一。

自古以来就有许多关于积累的名句："书读百遍，其义自见""熟读唐诗三百首，不会作诗亦会吟""不积跬步，无以至千里；不积小流，无以成江海"。叶圣陶先生指出，写东西要靠平时的积累。只有不断积累，收获才会越来越多。

其实，想要写出一篇好文章，不光要掌握方法技巧，还要在素材造句上创新，然后勤加练习，这样才能不断进步。

中华文化博大精深，老祖宗给我们留下了不少实用又充满智慧的知识。比如，我们常常挂在嘴边的谚语、俗语、歇后语等等。这些对我们来说都是很好的写作材料，恰当地使用它们，一定会为文章增色不少。

大家都知道，学习语文不仅仅是掌握书本上的知识点，还需要平时的积累和学习，从而提升和丰富自己的知识储备和阅历。

写作能力是语文能力的重要内容之一，它包括立意能力、谋篇布局能力、组织材料能力等，要求能稳妥地遣词造句，修饰润色，书写成文。在写作时，要大量收集当地的熟语，并在写作时合理运用。实践证明，合理运用熟语能有效提高写作能力。

熟语包括俗语、谚语、歇后语、流行语等。俗语是民间口头常用的短小、定型的形容性短语，如"背黑锅""二百五""半斤八两"等；谚语是民间集体创造的，广为口传，言简意赅，如"寒从脚起，病从口入"等；歇后语是喻体、解体连缀而成较为定型的趣味性语句，如"青花红涩柿——中看不中吃"等；流行语指在民间流行的反映社会的潮流用语（包括网络用语），如"酷""土得掉渣儿"等。

另外，写作中使用熟语必须注意三个结合：

合文体，即要与文章体裁相结合，从各种体裁的需要出发，忌滥用。一般来说，熟语的使用频率从应用文到说明文、议论文、记叙文、小说依次递增。

合语体，即要与文章的表达方式、语气口吻相结合，要分场合，要分清文章某一部分的表达方式是什么。

合道体，即要与文章中心思想的表达相结合。要从表达文章中心思想的角度出发，科学运用。

《〔般涉调〕哨遍·高祖还乡》
——使用诙谐幽默的语言

◎ **作者**

睢景臣

◎ **原文**

〔哨遍〕社长排门告示，但有的差使无推故。这差使不寻俗，一壁厢纳草也根，一边又要差夫。索应付，又是言车驾，都说是銮舆，今日还乡故。王乡老执定瓦台盘，赵忙郎抱着酒胡芦。新刷来的头巾，恰糨来的绸衫，畅好是妆幺大户。

〔要孩儿〕瞎王留引定火乔男妇，胡踢蹬吹笛擂鼓。见一彪人马到庄门，匹头里几面旗舒。一面旗白胡阑套住个迎霜兔，一面旗红曲连打着个毕月乌，一面旗鸡学舞，一面旗狗生双翅，一面旗蛇缠葫芦。

〔五煞〕红漆了叉，银铮了斧，甜瓜苦瓜黄金镀。明晃晃马镫枪尖上挑，白雪雪鹅毛扇上铺。这些个乔人物，拿着些不曾见的器仗，穿着些大作怪的衣服。

〔四煞〕辕条上都是马，套顶上不见驴，黄罗伞柄天生曲。车前八个天曹判，车后若干递送夫，更几个多娇女，一般穿着，一样妆梳。

〔三煞〕那大汉下的车，众人施礼数。那大汉觑得人如无物，众乡老展脚舒腰拜，那大汉挪身着手扶。猛可里抬头觑，觑多时认得，险气破我胸脯。

〔二煞〕你身须姓刘，您妻须姓吕，把你两家儿根脚从头数：你本身做亭长耽几杯酒，你丈人教村学读几卷书。曾在俺庄东住，也曾与我喂牛切草，拽坝扶锄。

〔一煞〕春采了桑，冬借了俺粟，零支了米麦无重数。换田契强秤了麻三秤，还酒债偷量了豆几斛。有甚胡突处，明标着册历，见放着文书。

〔尾声〕少我的钱差发内旋拨还，欠我的粟税粮中私准除。只道刘三谁肯把你揪摔住，白甚么改了姓更了名唤做汉高祖。

◎ 译文

听说有个大人物要还乡了，社长挨家挨户地通知大家，说任何差使均不得借故推脱。这回的差使真不寻常，一边要交纳草料，一边要出苦力，须认真对待。有的说是车驾，有的说是銮舆，今天要回乡。只见在喧闹的市集里，王乡老拿着个陶托盘，赵忙郎抱着一个酒葫芦，戴着新洗过的头巾，穿着新糨过的绸衫，正好装充有身份的阔人。

忽然，瞎王留叫来一伙不三不四的男女胡乱地吹笛打鼓，好像在欢迎什么。一大队人马从村口进来，前头的人拿着几面旗子，颇威风。那些旗子上的图案千奇百怪：有的是月形环中的白兔；有的是红圈中的鸟；有的是学跳舞的鸡；有的是长着翅膀的狗；有的是缠在葫芦上的蛇。

还有用红漆刷过的叉，用银镀过的斧头，连甜瓜苦瓜也镀了金。马镫明晃晃的，还有拿着长柄的鹅毛宫扇。还有几个故弄玄虚的人，手里拿着一些罕见的器杖，穿着很奇怪的衣服。

辕条上套的全是马，没有驴。用黄色丝绸做的伞的把是弯曲的。车前站着八个驾前侍卫，车后的是随从，还有几个穿着、梳妆打扮一样的漂亮女子。

那个大汉下了车，众人马上行礼，但他没有看在眼里。见乡亲们跪拜在地，他挪身用手扶。我突然抬起头一看，那个人我是认识的，差点儿气死我了！

你本来姓刘，你妻子姓吕。我能把你们两家的底细数一遍：你以前是亭长，喜欢喝酒；你的丈人在村里教书；你曾在我屋庄的东头住，和我一起割草喂牛，整地耕田。

春天你摘了我的桑叶，冬天你借了我的米，都不知道借了多少。趁着换田契，强称了我四十五斤麻，还酒债时少给了我几斛豆。有什么糊涂的呢，清清楚楚地写在账簿上，现时还放着你借钱物的字据。

欠我的钱要在官差摊派的钱里扣还，欠我的粮食要从粮税里偷偷扣除。你直说是同乡刘三，谁也不会死揪住你不放，为什么要改名换姓叫汉高祖。

◎ **写作赏析**

《哨遍·高祖还乡》是元曲作家睢景臣的套曲作品。此曲以嬉笑怒骂的手法，通过一个熟悉刘邦底细的乡民的口吻，把刘邦"威加海内兮归故乡"之举，写成一场滑稽可笑的闹剧，以辛辣的语言，揭露了刘邦微贱时期的丑恶行径，从而揭露了刘邦的无赖出身，剥下封建帝王的神圣面具，还其欺压百姓的真面目。全曲情节鲜明，形象生动，角度独特，风格朴野，诙谐泼辣。对比手法的运用，揭示本质，具有强烈的喜剧性与讽刺性；语言生动活泼，具有口语化特点；人物形象呼之欲出，具有漫画与野史的风格。

全曲八段。首段写乡中接驾的准备，众人忙碌而"我"独不解，一开头便为全篇定下诙谐、嘲讽的基调。〔耍孩儿〕〔五煞〕〔四煞〕三首曲子铺陈车驾的排场，本应是庄严高贵的场面，在老百姓看来都怪里怪气、莫名其妙，这实际上讽刺了皇家气派和帝王尊严。〔三煞〕〔二煞〕〔一煞〕是数落汉高祖当年的寒酸和劣迹，一下子就揭穿了隐藏在黄袍之后的真面目，而他还在人前装腔作势、目中无人，两相对比，更觉可笑。〔尾声〕是全篇的高潮，"刘三"是作者根据史书杜撰的刘邦的小名，乡民呼出，形神酷似，妙就妙在它粉碎了"真命天子"的神话，所谓帝王之尊在辛辣的嘲笑声中荡然无存。这套散曲把不可一世的汉高祖作为嬉笑怒骂的对象，矛头直指封建社会的最高统治者，表现出对皇权至上的强烈不满和对封建秩序的无比蔑视。刘邦是一个很爱虚荣的人，《史记》上说他看到秦始皇出巡时的气派羡慕不已，认为大丈夫应当如此。作者没有被史书中所记载的高祖还乡时嘉惠百姓的"浩荡皇恩"所迷惑，而是注重于史书中描写刘邦爱慕虚荣以及欠王媪酒钱不还、诳称贺钱万贯得以见到贵客等无赖行径的材料，通过艺术加工，无情地揭穿了封建帝王的丑恶嘴脸。当然，作者批判的锋芒不仅仅指向汉高祖一人，而是指向所有欺压百姓却要装模作样的封建统治者及其爪牙。

这套曲子的特色之一是情节完整。全曲有背景、有人物、有故事情节，情节中有铺垫、有发展、有高潮，堪称一部情节完整、充满夸张和幽默的讽刺喜剧。几支曲子组成的套曲，能起到一出讽刺喜剧的作用，显示出作者的艺术功力。这出喜剧是有头有尾的：从社长挨户通知皇帝将要驾临，王乡老、赵忙郎等乡里头面人物忙着接待，写到皇帝仪仗车驾到来，八面威风，不可一世；又从皇帝下车后，接受众人礼拜，架子十足，装模作样，写到乡间小民猛一抬头，识破其即是早先贪杯、赖债、鱼肉乡邻的无赖。故事生动，情节完整，对读者很有吸引力。这出喜剧中的人物是颇有个性的。无论是写乡里接驾前的忙乱，还是写皇帝仪仗车驾的威风，都衬托出"威加海内兮归故乡"的汉高祖的贪慕虚荣、讲究排场、气势凌人、威风十足。而紧接着的面目为乡民所识破、老底被乡民所揭穿的描写，则突出了大人物昔时卑琐低下、今日装腔作态的可恶可憎。社长、王乡老、赵忙郎等人忙于接驾的表现，显露出他们善于巴结逢迎的心理。而"猛可里抬头觑"的乡民虽然无知，所见不广，但性格刚直、疾恶如仇，在曲作中也得到了真实形象的刻画。

这套曲子的特色之二在于选择了小人物——无知乡民作为叙述者。事件发展的全过程，都是这位乡民看见的，亲口说出的。这就是角度新。作者在曲作中通过乡民的特殊视角来展现汉高祖这个不可一世的大人物，把至高无上的皇帝贬得一文不值，写作手法实属高妙。皇帝驾到本是极其隆重的场面，可是在乡民的眼中不过是乱哄哄的一场戏："瞎王留引定火乔男妇，胡蹄蹬吹笛擂鼓。"到村口迎接皇帝的就是这么一伙不三不四的人，吹吹打打，乱七八糟。仪仗队里的五面旗子，分别画有日、月、凤凰、飞虎、蟠龙等图案，代表着天子的神圣和庄严，可是在乡民的眼中，却是"白胡阑套住个迎霜兔""红曲连打着个毕月乌""鸡学舞""狗生双翅""蛇缠葫芦"，不伦不类，煞是好笑。至于红叉、银斧、金瓜锤、朝天镫、鹅毛宫扇等显示帝王威严的器物，在乡民看来，虽未见过也毫不稀奇。威风凛凛的仪仗队，竟成了"穿着些大作怪的衣服"的"乔人物"。在对皇帝的仪仗极尽挖苦讽刺之后，作者又通过乡民的眼睛，来写皇帝的车驾："车前八个天曹判，车后若干递送夫。"天曹判是天上的判官，递送夫是押解犯人的差役，他们簇拥在皇帝的前后，可见皇帝一行是多么令人畏怖、令人厌恶的货色。接下来写众人迎候施礼。高祖却"觑得人如无物"，以"挪身着手扶"表示回礼，一副小人得志的模样。乡民跪拜后，"猛可里抬头觑，觑多时认得"，作威作福的高祖竟是昔日乡里的无赖，不由得"险气破我胸脯"。最后的三支曲子，通过乡民之口，揭穿"刘三"的老底，不过是个贪酒、赖债、明抢、暗偷、胡作非为的流氓，可是居然改名换姓称作什么"汉高祖"。作品以乡民的独特视角来刻画汉高祖。乡民是无知的，又是有识的，他的看法多属误解，但又反映出许多真实。无知与有识、误解与真实相交织，呈现在读者面前的是乡民复杂而变形的内心世界。封建社会的最高统治者在此遭到了乡民最无情的嘲弄，完全失去了他的庄严与神圣，展现了其伪装下的本来面目。

这套曲子的特色之三是语言既具有幽默感和讽刺性，又生动准确，一针见血。全曲是以乡民叙述的口吻展开的，因此用的是与乡民身份一致的语言，即乡间生动的口语方言，具有很好的表达效果。曲中形容王乡老与赵忙郎："新刷来的头巾，恰糨来的绸衫，畅好是妆幺大户。"三言两语勾画出迎驾的乡绅土豪令人作呕的模样。"瞎王留引定乔男妇"中的"瞎"与"乔"字，点出了乡民们对迎驾的厌恶，认为那纯属胡闹的稀奇古怪的行为。仪仗队的服装被称作"大作怪衣服"，皇帝前后的随从被叫作"天曹判""递送夫"，处处流露出乡民们对下乡扰民的帝王的蔑视和憎恶。而对刘邦，曲中连用"那大汉"称之，根本不把至高无上的帝王放在眼里；"觑得人如无物""挪身着手扶"显示刘邦的傲慢和装腔作势。末三支曲更是乡民对高祖昔时无赖行为的控诉，用"你"称身为皇帝的刘邦，谴责他"春采了桑，冬借了俺粟""强秤了麻三秤""偷量了豆几斛"，纯是乡间通俗的口语，却入木三分地刻画出刘邦流氓无赖的嘴脸。结尾处语言生动至极："只道刘三谁肯把你揪摔住，白甚么改了姓更了名唤做汉高祖。"乡民的几句挖苦话令帝王的尊严扫尽。以"汉高祖"结束全篇，还另有用意。题目为"高祖还乡"，如果一上来就明写"高祖"，那么一系列嘲笑、讽刺就无法展开。作者的高明之处在于先写"还乡"而不是还乡者是谁，逐渐由"那大汉"过渡到"刘三"，最后以村民痛骂刘三改姓更名点出"汉高祖"，具有画龙点睛之妙。

◎ **写作技巧**

如何让文字变得幽默，变得更加有感染力？我们应该怎样做才能丰富自己的写作内容，让写作风格更加与众不同，不至于看起来那么死板呢？我们可以在文章中直接引用有幽默感的故事。

比如有一次，一位女播音员向观众介绍一种摔不碎的玻璃杯，几次试镜都很顺利。不巧，正式播出时，杯子竟摔得粉碎。而这位播音员镇定地说："看来发明这种玻璃杯的人没有考虑我的力气。"

《〔仙吕〕一半儿·题情》
——灵活多样的描写方式

◎ **作者**

王和卿

◎ **原文**

鸦翎般水鬓似刀裁，水颗颗芙蓉花额儿窄，待不梳妆怕娘左猜。不免插金钗，一半儿鬅松一半儿歪。

书来和泪怕开缄，又不归来空再三。这样病儿谁惯耽？越恁瘦岩岩，一半儿增添一半儿减。

将来书信手拈着，灯下恣恣观觑了。两三行字真带草。提起来越心焦，一半儿丝持一半儿烧。

别来宽褪缕金衣，粉悴烟憔减玉肌，泪点儿只除衫袖知。盼佳期，一半儿才干一半儿湿。

◎ **译文**

鸦翎般的水鬓像刀剪过一样，脸庞像出水芙蓉一样清俊水灵，额前的刘海把额头遮住窄窄的。想不梳妆又怕娘猜疑，只好插了金钗，然而头发还是蓬松散乱的，金钗也是斜斜歪歪的。

含着眼泪害怕拆开书信，怕他说回来却又不回来。这样的相思病儿谁承受得住？如此下去，病情日增，体重日减。

拿来书信在手里捏着，在灯下仔仔细细观瞧。就那么两三行字，有的端正，有的潦草，提起来就心焦，一边撕扯，一边干脆把它烧掉。

自从分别之后缕金衣宽松了好多，面容憔悴身体消瘦，流了多少眼泪只有衫袖知道。盼望与心上人早日相见，衫袖刚干了一半，另一半又被泪水打湿。

◎ 写作赏析

元人小令之歌咏爱情之作，多取于市井。王和卿是个非常活跃的散曲家，在写此类作品时以秀逸见长。此组曲即是他站在女主人公的角度上抒发离情别绪。这位女性，有着浓重的离情之苦却难以排遣。从空间上来说，这离情是由于人事阻隔而产生的。虽然组曲都是吟咏男女离情，但四首曲子写法各不相同，呈现了多维形态。开头一首曲子着眼于女主人公的头饰打扮，写她无心梳妆。无心梳妆的原因，曲中虽没有明说，但读了全组曲，读者自然明白这是由离情别绪引起的。

第二首曲子着眼于反映女主人公的矛盾心情。由于女主人公生怕这书信仍然像过去一样，说什么何日何时归来最终却又变卦，所以满脸"和泪"怕去"开缄"。不是不急于看信，而是怕满怀希望再次变成失望。这种惹人长相思的病，谁也承受不了。到这里，意境顿时起了波澜，说明作者立刻调整了思维指向。按照一般读者的推想，总以为这位多情女性纯然以相思之病为苦。可是"越恁瘦岩岩"一句，并不囿于消沉，它包含的滋味是相当复杂的：一方面指越是由于相见不易而越发消瘦；但另一方面，却又由于"心有灵犀一点通"和"蓬山此去无多路"（李商隐《无题》）的爱情坚贞与有朝一日终可相见的自信所致。这便是小令结尾描写的女主人公错综的心理状态："一半儿增添一半儿减。"这里有自慰，也有忧心。

第三首曲子不同于上一首揭示的矛盾心情，而是描述了女主人公接到情书后和读信时复杂微妙的心情，突出一种由离愁别恨所惹起的"心焦"情绪。不是"怕开缄"，而是"信手"地拈起书信，表明她忙于看信，而又心中彷徨、神驰远处，所以拆开信后还是靠近灯光去细细观看。可是才读罢两三行，就发现信上的字"真带草"。也许是信上还带来一些令人"心焦"的消息，加上猜不出有些地方的字，话音拿不定，这就使女主人公内心焦急不安。结尾的"一半儿丝抟一半儿烧"，可以说是心焦的极点：一边撕扯，一边干脆把信烧掉。

最后一首曲子不同于前面侧重于描写矛盾和躁动心情，主要是勾画出期待与情人早日欢聚的盼望思绪。衣宽肌瘦，泪儿难干，都是"盼佳期"的具象化。不像一般词曲描写闺怨较多地借重自然风物作为比兴，这首曲子用素描手法加以铺陈，只写女主人公本身，略去了自然背景。这有助于重点刻画人物性格，形成一种利落的文体风格。

◎ 写作技巧

一些人物在一定时间、一定地点所发生的某件事中的一个生动画面，这就是场面。比如生日聚会，一场比赛等等。场面描写离不开人物，而且是众多的人物的共同活动才构成场面。场面描写有衬托人物、渲染气氛和推动事件发展的作用。那么，怎样去描写一个场面呢？

1. 抓住人物的"活动"。场面描写是特定环境中人物活动的描写，而且主要是以人物活动为中心的"动态"的描写。因此，场面描写要刻画特定环境中人物的活动，在"动态"中写特征。

例如："突然一声爆竹轰响，火龙随着紧锣密鼓舞了起来。只见一人举着龙灯球忽上忽下，忽左忽右，引逗火龙。不一会儿，火龙被逗怒了，龙须抖动，龙嘴直扑龙灯球。第一次扑了个空，随即又扑，一连扑了几次，都没扑到。龙头一动，龙身龙尾都紧跟着翻滚，越翻越快，最后只看见一道红光在空中飞舞……这时，火龙看见黄龙来了，把自己这边观众引去了一半，气得七窍生烟。它很不服气，就拼命地舞了起来，像是要把被引走的再引回来似的。黄龙也不相让，更加使劲舞起来。这两条龙各占一方，一个在左，一个在右，左突右冲，各显神通，一个像腾云驾雾，一个像兴风作浪，两条龙卷得操场上灰尘飞扬。鞭炮声、锣鼓声、喝彩声连成一片。"（丁千岭《看龙灯》）

2. 抓住"面"和"点"。"面"和"点"的描写是场面描写的两个最基本的描写点。也就是说，要想写好场面，就要把个别人物活动的细节描写与全场情景的概括描写紧密结合起来，这样才能突出形象，渲染气氛，加强艺术效果，切忌面面俱到。

例如："比赛开始了，各班参赛的队员们站在绳子的两边，弯下腰，拿起绳子，两脚前后分开，身子向后倾斜，眼睛紧紧地盯着裁判员老师。忽然，'嘟'的一声哨响，双方队员的身子一齐往后一倒，绳子立刻被绷得紧紧的，一动不动，队员们的手像老虎钳一样，紧紧地抓住绳子，使劲往后拉。（面的描写，突出了一局拔河比赛的全貌）看，我们班的'小胖子'陈园园的表现可好啦！他两脚牢牢地蹬着地，好像被钉子钉在地上一样，他的脸涨得通红通红的，牙齿咬得咯咯响，脸上还流着汗水呢！"（抓住"小胖子"表现这个"点"，体现参赛队员顽强拼搏的精神）（张天璇《拔河比赛》）

一个场面由许多人和事组成，采用"点""面"结合的写法，先对整个场面做概括描述，然后再写几个有代表性的人或事，既能给人以完整的印象，又有具体的感受。

要想写好场面，除以上两点外，还应做到如下几点：

1. 场面描写要交代时间、地点和场面的气氛，使读者易于了解场面的总貌。一般来说，场面总貌可按空间顺序描写，这样人物活动线索才会分明。

2. 场面描写有时还要处理好场内和场外的关系，即使读者了解场内事物的原委，也往往需要插叙场外自然的、历史的或社会的环境背景。当然，这种插叙必须言简意赅，衔接自然，不能喧宾夺主，节外生枝。

《〔双调〕水仙子·为友人作》
——亲切平易的语言风格

◎ **作者**

乔吉

◎ **原文**

搅柔肠离恨病相兼，重聚首佳期卦怎占？豫章城开了座相思店。闷勾肆儿逐日添，愁行货顿塌在眉尖。税钱比茶船上欠，斤两去等秤上掂，吃紧的历册般拘钤。

◎ **译文**

思念真是搅得人柔肠寸断，离愁别恨积压心中，更何况还有病相煎。要想再聚首，不知道佳期在什么时候。看豫章城里开了一座专营的相思店，忧闷的勾栏瓦肆还不断增添，忧愁烦恼像行货一般堆满在眉尖。相思税债比之贩茶船交纳的茶税可能要少一点，但到底少多少，只能用秤称了才知道。最要紧的是这一切就好像被记上账本一样受拘束而无法改变。

从元曲中汲取写作智慧

◎ 写作赏析

乔吉的散曲大多以"清丽新奇"见长，但也另有一些使用方言俗语的"本色之曲"，这首《水仙子》，便是此类"本色之曲"中的佳作。题目是"为友人作"，友人已无考不详，从内容上看，似乎是一个生活于市井、与情人分离的人。这首小令为友人抒发对所爱之人的思念。

首三句直接写友人思念之情。"搅柔肠离恨病相兼，重聚首佳期卦怎占？豫章城开了座相思店。"曲词一开始，就直抒思念之情。离愁别恨，积于心中，搅动柔肠，使他坐卧不安，以致恹恹成病。"搅"字用得好，形象地写出离恨在他心中引起的波涛，具有鲜明的动感，而离恨与病"相兼"，则言别情导致的严重后果。为了摆脱离恨与病相兼之苦，主人公渴望与所爱之人重新聚首，但何时才能再遇佳期，却难以预料，只好寄希望于占卦，可是这卦怎么个占法，又茫然不知，那聚首的时日就更谈不上。"重聚首佳期卦怎占"一句，凝聚了人物复杂的感情，有盼望、希冀、焦虑以及不安，颇为传神地刻画了他思念恋人时的心理活动。"豫章城开了座相思店"一句，暗用双渐苏卿的故事，叙说友人相思之苦。这个故事在宋元时广为流传，被编入戏曲词话，《水浒传》写白秀英说唱"诸般品调"，就有《豫章城双渐赶苏卿》的段子，《香泥莲花记》中苏卿金山寺题诗，也有"高挂云帆上豫章"之句。这里借用此典，不是说所爱之人为人所夺，只是借以强调相思。值得注意的是，诗人以"开了座相思店"来形容对恋人思念之重，写法新奇别致，同时也为下面以商贾行话比喻愁闷做了准备。

中间两句作者用商贾行业词语来描写相思的愁闷之情。"闷勾肆儿逐日添，愁行货顿塌在眉尖。"这两句结合人物特定的市井生活环境，描绘友人愁思日增，烦闷不已，写来饶有趣味。勾肆儿是宋元时都市的游乐场所。这里，诗人写友人忧郁成病，只好到勾肆消遣散心，然而相思难禁，愁闷依旧袭来，"逐日添"一语，是说愁闷与日俱增。这一句，从时间的角度来写愁思愈久愈深。下一句，则把抽象的愁思比作具体的物件，形象地描写了它的沉重。此句的"行货""顿塌"即愁思像积压的货物一般，简直使他喘不过气来，可见这愁思是何等的沉重。

末三句同样以商贾之语来描写相思和愁闷，但角度稍有变化。"税钱比茶船上欠"，这里的"税钱"比喻相思，既然彼此相爱，就得付出相思的代价，犹如商家必须缴纳税钱一样。这相思的"税钱"是多少呢？只能用秤称了才知道。诗人又一次使用了"豫章城"的典故。苏卿系为茶商所夺，作者再用此典，似乎是暗示友人之所爱为强有力者夺去。乔吉的另一首《〔双调〕水仙子·嘲人爱姬为人所夺》可做参考。这也许是前面"重聚首佳期卦怎占"的原因。"斤两去等秤上掂"，此句说愁思的轻重要用等秤掂量，同样将愁思比喻成具体事物。这句同样带有浓厚的商贾色彩，与前面的描写相一致。最后一句"吃紧的历册般拘钤"，概括全首，意思是这一切就像在账本上记着似的无法改变。这一句，使用了几个宋元时的方言俗语，连同前面的商家行话，构成了全曲鲜明的俚俗特色。

这首小令最大的特点是语言通俗，多用商贾行业词语来描写相思恋情，一定程度上反映了当时社会商业活动的繁盛。在元代，散曲流行于城市，被称为"街市小令"，它被染上商业色彩，是不足为怪的，这正是它和诗词创作不同的地方。

◎ 写作技巧

如何让文章写得明白而亲切呢？

我们先来看一篇文章的开头。"你到过杭州吗？知道西子湖上的小瀛洲吗？你知道康有为对它的评价吗？最近我游览了这个被康有为称为比五大洲都要美的名胜之地。"一连串的发问，引出游览了某处的话题，虚张声势，让人有气喘不过来的感觉。

其实，写作是作者与读者情感与智慧的交流和共振，文章应具有人情味和亲和力，让人读之倍感亲切和亲近。回归自然真实的表达，对作者和读者来说都是非常美好的事情。

情感回归真实，要读者清楚明白。文章的思想与情感应凭借丰富有力的材料来支撑。首先这材料必须是真实可信的。"真实乃文章的生命"，一个虚假的材料，只会削弱文章思想的力度或稀释情感的浓度，甚至令人不堪卒读，令人看出人格的虚伪与低俗。

文章的可信，还表现为支撑思想与情感的材料交代得清楚，不让读者心存疑惑，只有这样，文章方具情感或思想的张力。如下文描写哀伤："我喜爱月亮，却不了解月亮；我喜爱鱼儿，却不理解鱼儿；我喜爱芳草，却不懂得芳草。我希望月亮离我近一些，更壮一些，直到我能抚摸它，可是最后它却碎了，伤心欲绝；我希望鱼儿长得壮一些，更壮一些，于是我拼命往金鱼缸里加鱼食儿，可是它最后死了，挺着硕大的肚皮；我希望芳草长得绿一些，更绿一些，于是我不断往草里灌水、施肥，可是最后它凋零了，皱着眉头。为何总是如此？我伤害的总是我最爱的。"（奚思《让我看看你的心》）

我们提倡踏实地做人，真挚地生活，动情地思考，舒畅地写作。

《〔双调〕折桂令·春情》
——比拟使语言更形象

◎ **作者**

徐再思

◎ **原文**

平生不会相思，才会相思，便害相思。身似浮云，心如飞絮，气若游丝。空一缕余香在此，盼千金游子何之。证候来时，正是何时？灯半昏时，月半明时。

◎ **译文**

我从出生到现在都不知道什么是相思，才刚刚懂了什么是相思，就深受相思之苦。身体像飘浮的云，心像纷飞的柳絮，气息微弱，宛如游丝。空留一丝余香在此，我满心盼望的心上人又到哪里去了呢？相思的痛苦什么时候最猛烈呢？是灯光半昏半暗时，月亮半明半亮时。

◎ **写作赏析**

这是一首闺妇思夫之作。题目为"春情"，显然是写男女的爱慕之意，而全曲描写一位年轻女子的相思之情，读来恻恻动人。全曲分为四个层次：首三句说少女陷入了不能自拔的相思之病；次三句极表少女处于相思中的心理与神情举止；后二句则点出少女害相思病的原因；最后宕开一笔，以既形象又含蓄的笔墨透露出少女心中所思。全曲一气呵成，平易简朴而不失风韵，自然天成而曲折尽致，极尽相思之状。

"平生不会相思"三句，说明这位少女尚是初恋。情窦初开，才解相思，正切合"春情"的题目。因为是初次尝到爱情的琼浆，所以一旦不见情人，那相思之情便无比深刻和真诚。有人说爱情是苦味的，"才会相思，便害相思"，已道出此中三昧。这三句一气贯注，明白如话，然其中感情的波澜已显然可见。于是下面三句便只具体地去形容这位患了相思病的少女的种种神情与心态。

"身似浮云"三句，是漂亮的鼎足对。"身似浮云"表现了她坐卧不宁的心态；"心如飞絮"表现了她魂不守舍；"气若游丝"表现了她因思念而恹恹欲病的情态。作者通过对少女身、心、气的描写，将她"便害相思"的情态表现得淋漓尽致。短短几句，就足见女主人公的相思之苦、恋情之深。

"空一缕余香在此"，乃是作者的比喻之词，形容少女孤凄的处境。著一"空"字，便抒发她空房独守，寂寞冷落的情怀；"一缕余香"四字，若即若离，似实似虚，暗喻少女的情思飘忽不定且绵绵不绝。至"盼千金游子何之"一句才点破了她愁思的真正原因，原来她心之所系，魂牵梦萦的是一位出游在外的高贵男子，少女日夜思念盼望着他。这句与上句对仗成文，不仅词句相偶，而且意思相对，一说少女而一说游子，一在此而一在彼，然而由于对偶的工巧与意思的连贯，让人丝毫不觉得人工的雕琢之痕，足可见作者驾驭语言的娴熟。

最后四句是一问一答，作为全篇的一个补笔。"证候"是医家用语，犹言病状，因为上文言少女得了相思病，故此处以"证候"指她的多愁善感，入骨相思，也与上文"害"字与"气若游丝"诸句相合。作者设问：什么时候是少女相思最苦的时刻？便是夜阑灯昏，月色朦胧之时。然而对于茕然孤独的她来说，忧愁与烦恼却爬上了眉尖心头，不可排遣。

这首曲子语言上的一个特色便是首三句都押了同一个"思"字，末四句则同押了一个"时"字，不忌重复，信手写去，却有一种出自天籁的真味。这正是曲子不同于诗词的地方，曲不忌俗，也不忌犯，而贵在明白率真，得天然之趣，也就是曲家所谓的"本色"。

借助想象力，把物写成人或把人写成物。把物写成人叫拟人，把人写成物叫拟物。比拟的作用是表达爱憎感情，更形象、生动、具体。

1. 拟人。拟人在诗词、童话、寓言里使用较多。

例如《卜算子·咏梅》："风雨送春归，飞雪迎春到。已是悬崖百丈冰，犹有花枝俏。俏也不争春，只把春来报。待到山花烂漫时，她在丛中笑。"

2. 拟物。童话里的拟物极多。寓言里的拟物也比较多，如《伊索寓言》中的《农夫与蛇》即是。

（1）"他们是羊，同时也是凶兽；但遇见比他更凶的凶兽时便现羊样，遇见比他更弱的羊时便现凶兽样……"（鲁迅《忽然想到（七）》）

这里用比拟深刻地揭露了欺软怕硬的坏人的双重性格。

（2）"每一个破衣服人走过，叭儿狗就叫起来，其实并非都是狗主人的意旨和使嗾。叭儿狗往往比它的主人更严厉。"（鲁迅《小杂感》）

将狗腿子比拟为叭儿狗，十分形象而又恰当深刻。

有时也把人拟成植物，如"荷叶下面，有一个人的脸，下半截身子长在水里"。有时把物比拟成动物，如"大炮在怒吼"。

有些比拟就是比喻，或是暗喻或是借喻，一般借喻较多。比拟与比喻的区别是：比拟意在"以此拟彼"，比喻意在"以此喻彼"；"拟"的两者几乎已交融一体，"喻"仍是两个东西。比拟有时又以借代形式出现，但有区别，借代是以此代彼，比拟是彼此交融。

比拟虽有修辞效果，但不能滥用，因为任何比拟都包含有人们的立场、思想、感情、观点，用不好不但影响表达效果，还会出问题。形式要为内容服务，运用其他修辞时也同样要注意这一点。

《〔黄钟〕人月圆·山中书事》

——让语言以真纯取胜

◎ **作者**

张可久

◎ **原文**

兴亡千古繁华梦，诗眼倦天涯。孔林乔木，吴宫蔓草，楚庙寒鸦。

数间茅舍，藏书万卷，投老村家。山中何事？松花酿酒，春水煎茶。

◎ **译文**

千古岁月，兴亡更替就像一场幻梦。诗人用疲倦的眼睛远望着天边。孔子家族墓地中长满乔木，吴国的宫殿如今荒草萋萋，楚庙中只有乌鸦飞来飞去。

我守着几间茅舍，家藏万卷诗书，在山村生活到老。山中有什么事呢？用松花酿酒，用春水煮茶。

◎ **写作赏析**

这首曲借感叹古今的兴亡盛衰表达自己看破世情、隐居山野的生活态度。全曲上片咏史，下片抒怀。开头两句，总写历来兴亡盛衰，都如幻梦，自己早已参破世情，厌倦尘世。接下来三句，以"孔林""吴宫"与"楚庙"为例，说明往昔繁华，如今只剩下凄凉一片。下片转入对眼前山中生活的叙写，虽然这里仅有简陋的茅舍，但有诗书万卷。喝着自酿的松花酒，品着自煎的春水茶，悠然宁静，诗酒自娱，自由自在。

"兴亡千古繁华梦，诗眼倦天涯。"二句总写兴亡盛衰的虚幻，气势阔大。"千古"是"思接千载"，纵观古今；"天涯"是"视通万里"，阅历四方。诗人从历史的盛衰兴亡和现实的切身体验出发，即时间与空间、纵向与横向这样两个角度，悟出了人生哲理：一切朝代的兴亡盛衰，英雄的得失荣辱，都不过像一场梦幻，转瞬即逝。正如他在《〔中吕〕普天乐·道情》中所云："北邙烟，西州泪，先朝故家，破冢残碑。"

"诗眼"，即诗人的观察力。作者平生足迹曾遍及湘、鄂、皖、苏、浙等各省，可谓浪迹"天涯"。然而终其碌碌一生，仅做过路吏、扬州民务官、桐庐典史、昆山幕僚等卑微杂职而已。一个"倦"字，包含了多少风尘奔波之苦，落拓不遇之怨，世态炎凉之酸！难怪他常为此喟叹："为谁忙？莫非命。西风驿马，落月书灯。青天蜀道难，红叶吴江冷。"（《〔中吕〕普天乐·秋怀》）难怪他常为此愤激不平："人生底事辛苦，枉被儒冠误……半纸虚名，十载功夫。人传《梁甫吟》，自献《长门赋》，谁三顾茅庐？"（《〔中吕〕齐天乐过红衫儿·道情》）如此坎坷悲辛，书剑飘零，怎能不令人厌倦思归呢？"倦"字，已遥为后文写隐居伏根；"天涯"又先替"孔林"三句张本。

"孔林"三句具体铺叙千古繁华如梦的事实，同时也是"诗眼"阅历"天涯"所得。"孔林"是孔子及其后裔的墓地，在今山东曲阜城北，密植树木花草。"吴宫"指吴王夫差为西施扩建的宫殿，名馆娃宫（包括响屐廊、琴台等），后被越国焚烧，故址在苏州灵岩山上，也可指三国东吴建业（今南京）故宫。李白诗"吴宫花草埋幽径，晋代衣冠成古丘。"（《登金陵凤凰台》）可证。三句用鼎足对，具体印证世事沧桑，繁华如梦的哲理：即使像孔子那样的儒家圣贤，吴王那样的称霸雄杰，楚庙那样的江山社稷，而今安在哉？唯余苍翠的乔木、荒芜的蔓草、栖息的寒鸦而已。

"数间"以后诸句写归隐山中的淡泊生活和诗酒自娱的乐趣。

从元曲中汲取写作智慧

"投老"即到老、临老。"松花"即松木花，可以酿酒。"茅舍""村家""山中"，既缴足题面《山中书事》，又突出隐居环境的幽静古朴，恬淡安宁：这里没有车马红尘的喧扰，而有青山白云、沟壑林泉的景致，正是"倦天涯"之后宜人的归宿。

"藏书""酿酒""煎茶"，则写其诗酒自娱、旷达自由的生活乐趣。"万卷"书读之不尽，"松花""春水"取之不竭；饮酒作诗，读书品茶，足慰晚年。联系作者"英雄不把穷通较"（《〔双调〕庆东原·次马致远先辈韵九篇》）、"名不上琼林殿，梦不到金谷园，海上神仙"（《〔双调〕水仙子·次韵》）、"欠伊周济世才，犯刘阮贪杯戒，还李杜吟诗债"（《〔双调〕殿前欢·次酸斋韵》等多次自白，则不难窥见此篇表面恬静的诗酒自娱中，隐藏着一股愤世嫉俗、傲杀王侯的潜流。

此曲风格豪放，直抒胸臆，不作含蓄语，感情由浓到淡，由愤激趋于平静，语言较浅近朴实。（上海辞书出版社《采菊东篱下》）

◎ 写作技巧

"朴实"就是指作文语言的朴素与实在，很多作文普遍追求文字的优美，文辞的华丽，这种追求，对提高我们的语言表现力是有帮助的，但是我们要避免华而不实。华而不实和朴而不实都是不可取的，文章重在内容充实真实，只要内容充实真实，无论是语言华美还是朴素，都是好文章。

朴实是写作语言中一种很高的境界。日常写作可以有各种各样的风格，有人崇尚华丽，有人崇尚朴实，但作为一种写作境界来说，朴实无华而又有一定功力，是远远胜过语言浮华而内容乏味的文章的。浮华的文章，我们可以看出技巧在其中起作用，朴实无华的文章完全看不出它在使用什么技巧，而是真挚深厚的思想感情在自由奔泻涌动。巴金说，写作最大的技巧就是无技巧。这是人生练达的境界。我们阅读巴金的散文，他年轻时写的散文，语言是比较华丽的，到了晚年的《随想录》，语言就非常朴实，几乎不加任何修饰，而就是这样朴实的语言，较之他前期华丽的散文，更具有打动人心的力量。所以，人生一旦到了练达的境界，他的语言就变得如同白话一样朴实了。从某种意义上说，朴实是一个人作文语言成熟的标志之一。

那么，在朴实的语言中有哪些应用技巧呢？

1. 让朴素的语言含真理。我们经常说，有理不在声高，其实有理也不在于语言是否华丽，如果能让人在朴素的语言里读出真理，其同样具有打动人心的魅力。

2. 让朴素的语言含真情。朴实重在"实"，这"实"中重要的一点就是语言里饱含作者的真情，真情能动人，说的就是这个道理。

3. 让人物说真话。我们常常为了拔高人物，不管人物的身份、地位、年龄、生活环境等的差异，一概让他们说假大空的套话，以为这样才能显示人物的境界。其实，人物的语言一定要符合其身份、地位等特点，他们的语言必须是独特的，是他们独有的。

4. 让再大的"虚"都变成最小的"实"。我们说理，常犯的一个毛病是空洞，空洞的原因在于不会把"虚"化"实"。

第三章

工笔细描，学刻画人物

《〔中吕〕喜春来（金妆宝剑藏龙口）》

——生动传神的人物描写

◎ **作者**

张弘范

◎ **原文**

金妆宝剑藏龙口，玉带红绒挂虎头。旌旗影里骤骅骝。得志秋，喧满凤凰楼。

◎ **译文**

用黄金做装饰的宝剑，锋利的刀刃藏在剑鞘。腰间束着装饰了美玉的腰带，装饰着红绒的虎头金牌悬挂在腰际下。骏马在苍翠茂密的杨树林中飞驰，如同快速流动的银光闪耀。秋高气爽，志气豪迈，期待为朝廷建功立业，名垂青史。

◎ **写作赏析**

这首小令刻画出一位古代大将威武雄壮的姿态，表现出立下卓著战功后志得意满的心情。虽仅二十九个字，却凭借作者高超的文笔传达出异常丰盈的信息，有很强的画面感和现场感。语言简洁凝练，人物形象的描绘，人物内心的描写，都生动传神。

"金妆宝剑藏龙口，玉带红绒挂虎头"用整饬的对句写出威风凛凛的将军形象。黄金做装饰的宝剑藏在龙形纹饰的剑鞘里，一个"藏"字，欲扬反抑，带给人的是"匣中宝剑夜有声"（陆游《长歌行》），按捺不住破鞘欲出的张力。玉带轻摇，红绒婆娑，虎头金牌缠在腰际，在威猛的底色上又加抹一笔俊逸洒脱之姿，一个"挂"字，金牌随身摇摆跳脱的轻快意趣隐隐流出。"金""玉""红"描颜色质地，"龙口""虎头"壮气势声威，绝无一字落空。

"旌旗影里骤骅骝"与前两句的实处写形不同，转为影中传神，流光幻彩，往来驰骤，颇有"光景驰西流"（曹植《箜篌引》）的观感。唐代杜甫《奉简高三十五使君》有"骅骝开道路，鹰隼出风尘"之句。骏马如飞，在旌旗耀眼斑斓的光影间倏忽而过，"骤"字言速度气势，更言风采神韵，举重若轻，把铁马漫卷的将士描述得有如天兵天将般飘洒烂漫。

最后，"得志秋，喧满凤凰楼"中"凤凰楼"可能是实景，杨果《〔越调〕小桃红（玉箫声断凤凰楼）》有"玉箫声断凤凰楼"句，这里指朝廷、京城。这一句写凯旋还朝，举城欢腾。至此，几个画面一气贯下，一幅比一幅气势足，一幅比一幅动感强，如鼓角横吹，战鼓频催。最后，色彩、光影、音声、动静、神情等所有信息全由一个气氛感极强的"喧"字点化，一支首尾完具、流光幻彩的小令便这样遏云而出。为了造成这样一种干净利落的表达，作者在动词的选择上很讲究，"藏""挂""骤""满"，下字稳重响亮，与句尾平声的平滑清扬相衬相应，抑扬顿挫，金石铿锵，讽咏之间颇有列队前行的战阵进行曲的声势。

跟伯颜小令指点江山气定神闲的丞相气质相比，这一首的虎啸风生、奔腾驰骤正凸显出一位冲锋陷阵的勇将本色。在云一窝、月一梭叹世归隐情绪弥漫的元代曲坛，这首雄赳赳气昂昂的武夫马上之曲可称独步。（赵义山《元曲鉴赏辞典》）

◎ 写作技巧

人物描写具体包括六方面，分别为外貌描写、肖像描写、动作描写、心理描写、神态描写和语言描写。

1. 外貌描写。外貌描写主要指对一个人身着打扮和外在形态的描写，其作用主要是表现人物的生活和身体状况，生活状况往往指身份、地位、贫富、处境等；身体状况主要指胖瘦强弱、健康状况等。

（1）生活状况。《孔乙己》中，孔乙己是店里面唯一一个穿长衫又站着吃饭喝酒的人，鲁迅通过对他破旧长衫的外貌描写，突出其穷困潦倒的生活状况。

（2）身体状况。《药》中华老栓的儿子，他吃饭的时候背后呈现出一个阴阳纹的"八"字的形象，作者通过外貌描写，写出他身体的瘦弱和虚弱。

外貌描写决定着一个人在他人眼中的第一印象，因此，一定要抓住人物外貌上的与众不同。

2. 肖像描写。肖像描写主要指对一个人外在容貌的描写，其作用主要是表现人物的精神状态或人物形象。

例如："他的头发是直直的，又很齐整，好像被什么东西削过一样。他的眼神十分的明亮，看人的时候紧紧地盯着你，仿佛是在随时准备从你身上挑出错误一般。"这一肖像描写，从侧面描写出了人物精明强干的形象。

肖像描写和外貌描写的不同在于，肖像描写仿佛是照相中的大头照，是特写，而外貌描写相当于是全身照，主要在于表现人物的精神状态。两者可以结合使用。

3. 动作描写。动作描写是指对故事发展过程中人物具体动作反应的描写。它的主要作用有三个：

（1）表现人物当时的心理情感。

（2）塑造人物形象。

（3）推动故事情节发展。

例如："从谈话开始，他一直是两只手盖住他右边的衣襟的角。当他拿手套作证时，他那两只长时间没离开衣襟角的手掌已满是汗水。'这是他的致命处！'剑波心里想，所以从开始谈话，剑波并没有看这家伙的眼睛，而是不住地用眼瞟着他那僵直不正常的两只手。剑波越看，这家伙越盖得紧，甚至偶尔有点微微的抖动。"（曲波《林海雪原》）

这一段对人物动作的描写，既表现了人物内心的不安，又推动了故事情节的发展。

动作描写在我们写人的文章中，往往占据着极为重要的地位，通过准确、生动的动作描写，可以给人很强烈的现场感，表现人物的形象。

4. 语言描写。语言描写是指对故事发展过程中的人物对话和内心独白的描写。它要求人物语言自然、真实。它主要有三个作用：

（1）表现人物形象，即通过人物语言，来表现人物的性格特点和精神品质。

（2）表达人物的思想情感，通过语言，表现出人物当时的思想情感。

（3）表现人物的心理活动。

语言描写一定要符合人物的身份和当时的情景，并尽量使用口语化的表达方式。

5. 神态描写。神态描写是指对人物面部表情和目光变化的描写，其通常用来表现人物当时的心理或情感变化。好的神态描写需要作者有良好的观察能力和理解能力，能抓住人物细微的神态变化。

6. 心理描写。心理描写，是指对人物心理活动过程的描写，其作用主要有两个；一是用来表现人物的性格特点或精神品质；二是用来表现人物当时的情感变化。

《〔中吕〕山坡羊·闺思》

——侧面刻画人物

◎ **作者**

张可久

◎ **原文**

云松螺髻，香温鸳被，掩春闺一觉伤春睡。柳花飞，小琼姬，一声"雪下呈祥瑞"，团圆梦儿生唤起。谁，不做美？呸，却是你！

◎ **译文**

如田螺形状的发髻，蓬松得像乌云一样，一个人钻入被香料熏烤的暖被中，关起闺门沉沉睡去，无意观赏春光。

春暖花开时节，闺中少妇寂寞伤春，昏然入睡，做起了甜美的梦。屋外柳花飞舞，犹如雪花飘飞。小丫头见了，不禁高声惊叹："雪下呈祥瑞。"不料惊醒了我的美梦，我问："谁，不作美？呸，却是你！"

◎ **写作赏析**

《〔中吕〕山坡羊·闺思》是元代散曲家张可久的作品。全曲构思新颖别致，写真传神，声口毕肖，生动逼真。

此曲题名"闺思"，实写"闺情"，寥寥数语，将少妇心中与夫婿好合之情，刻摹得逼真活脱，而闺中形象更通过曲意波折，宕出神韵。

开篇状少妇睡态，寓春闺伤春之情。以"云松螺髻"形容其蓬松云乱的发髻，揭开帷帐，露出美人，使其疏慵之姿约略可见。"香温鸳被"又将视觉引向嗅觉，鸳被的锦绣之美浸润于馥郁的香气之中，已臻极丽之景；而透过锦绣鸳被，浓睡的女主人身上溢香于外，尤增美感与魅力。"掩春闺一觉伤春睡"，"掩"字妙绝。在这里，主人公陶醉于温暖馨香的氛围中，虽有伤春之情，却未解浓睡之意，浓睡之沉，正是伤春梦深；这殊异于"鸳衾久别难为梦，凤管遥闻更起愁"（钱起《长信怨》）的怨思和"和簪抛凤髻，将泪入鸳衾"（杜牧《为人题赠》）的悲痛，而表现出一种缠绵的温情。

"柳花飞，小琼姬，一声'雪下呈祥瑞'，团圆梦儿生唤起。"突转笔锋，以小丫头报知下雪，唤醒"团圆梦"，来表现女主人公对离别情人的深沉思念，构思十分巧妙。这里语词通晓明畅，但意境曲折深婉。"柳花飞"一句，本身就暗含别离情伤的意象。昔人"章台柳、章台柳，昔日青青今在否"（韩翃《章台柳》）的眷情，"无情最是台城柳，依旧烟笼十里堤"（韦庄《台城》）的哀怨，"春风知别苦，不遣柳条青"（李白《劳劳亭》）的别意，"柳条折尽花飞尽，借问行人归不归"（无名氏《送别诗》）的企冀，均汇聚于作者笔下，益增复杂的感情。而正是这最能引发离愁别绪、最能唤起女性柔情相思的柳花，却被小琼姬误认为是下雪，并视作祥瑞之兆，唤醒主人，这一差错构成了既幽默又惊心的场面。试想，美丽的小丫头以欢快的心情向主人报之以祥瑞，正是这一声祥瑞之报惊醒了主人的团圆美梦，而当主人醒来所见并非祥瑞的雪花，却是惹人兴起别愁的柳花，此时此刻，此情此景，真可谓"别是一番滋味在心头"。

"谁，不做美？呸，却是你！"自问自答，生动刻画出这位少妇娇嗔怨恼的姿态。这里含有双关意，提问之"谁"与回答之"你"，既可指"小琼姬"，又可指"柳花"。因为琼姬唤醒"团圆梦"，是少妇心里惆怅的第一层意蕴，假如小琼姬所报属实，天呈祥瑞将带来的现实希冀会冲淡"团圆梦"被惊醒的迷惘；而少妇惊醒所见柳花，这种因小琼姬的天真幼稚造成的错觉，才是主人心里惆怅的第二层意蕴，因而整个情感意境变得曲折深入。

这篇散曲小令，从少妇的睡中蒙眬的意态到小琼姬的插曲和少妇的娇嗔，通过三个层次描绘出女主人公优美动人的神姿，传递了女性心理中怀人的细密婉曲的情意。对女性美的描绘，自齐、梁宫体诗始盛，经唐诗到五代词、宋词，尤为"艳科"之具体内容，但其刻画美人，多细腻其形，匮乏其神，而此曲以侧写传神取胜，突出爱情主题，实为佳构。

◎ 写作技巧

侧面描写是指在文学创作中，作者通过对周围人物或环境的描绘来表现所要描写的对象，以使其鲜明突出，即间接地对描写对象进行刻画描绘。通常情况下，文学作品人物形象的刻画多采用正面描写的手法，即直接通过对人物的肖像、语言、动作、神态、心理等方面进行描写，去表现人物的性格、品行和技能。但有时恰当地借助一些侧面描写，常常可以起到正面描写无法替代或者很难达到的艺术效果。

1. 侧面描写更能激发人的想象。侧面描写往往比正面描写更机智，它能以较少的笔墨表现描写的对象，收到以少胜多的功效。

《陌上桑》为表现采桑女罗敷的美貌，作者先运用了排比、夸张等修辞手法对罗敷进行正面描写："青丝为笼系，桂枝为笼钩。头上倭堕髻，耳中明月珠。缃绮为下裙，紫绮为上襦。"这里着力描写罗敷采桑用具的精致、发型的美观、耳环的珍贵、衣着的艳丽，极言她容貌的美丽。如果仅采用这样的正面描写，仍缺少形象感和艺术表现力，不能给人以丰富的联想。接下来作者运用了传神的侧面描写，使得罗敷的美貌得以充分地表现："行者见罗敷，下担捋髭须。少年见罗敷，脱帽著帩头。耕者忘其犁，锄者忘其锄。来归相怨怒，但坐观罗敷。"这样的侧面描写，不仅富有浓郁的生活气息，更生动而巧妙地烘托了罗敷的美貌，给人以无尽的想象天地，无论认为罗敷多么美，也是不过分的。在这里，侧面描写因激活了人们的想象力，从而具有了强烈的艺术效果。

2. 侧面描写是对正面描写的有益补充。侧面描写多结合正面描写进行，好的侧面描写往往能起到烘云托月、锦上添花的作用。

《口技》的第一个场景描写的是夜阑人静，一家人惊醒后的喧闹情景，作者在描摹口技者表演的种种声音后，用一概述"一时齐发"形容人声嘈杂。同时，在叙述的基础上，又以"众妙毕备"的评语，要言不烦地反映了表演的种种难以尽言的妙处。继而极写听众的观感，人人竟是如此出神："伸颈，侧目，微笑，默叹，以为妙绝。"听众的激动神情跃然纸上。这一传神的侧面描写，虽是状写全场听众，而意在反衬与赞美口技者技艺之"善"。第三个场景描写的是深夜失火、救火的情景，作者在此叠用五个"百千"句、四个"百"字组成的两句对偶，以及"凡所应有，无所不有"的夸张手法，极力描写声响的复杂，进一步盛赞口技者技艺之"善"。然后笔锋一转，写听众异常激动的反应："无不变色离席，奋袖出臂，两股战战，几欲先走。"听众的神色、动作、情感、心理无不形容尽致，这种惊心动魄的情景，使读者亦感到口技表演真达到了出神入化的地步，不能不为之拍案叫绝。

有着异曲同工之妙的是，刘鹗在《老残游记·绝唱》、叶君健在《看戏》中，都运用正面描摹与侧面描写相结合的手法，在正面刻画渲染表演技能的基础上，进一步描写了听众、观众的强烈反应，从而把王小玉、梅兰芳等艺术家高超精湛的表演技艺，刻画得淋漓尽致令人神往，让读者产生了身临其境的美感。

3. 侧面描写有利于表现人物的性格。尽管侧面描写常常结合正面描写塑造人物形象，但有时候表现人物性格不适宜用正面描写。

《第二次考试》中的陈伊玲，才华出众，品质高尚，做好事非常自觉，从不以此夸耀，就是在第二次考试失常事出有因的情况下，她也不向人做任何解释，这就决定了表现她的性格宜用侧面描写的方法。在叙述陈伊玲复试状况时，作者运用正面描写，表现她"声音发涩、毫无光泽""掩饰不住脸上的困倦""眼睛显得黯然无神"等状况，而对于她平时怎样乐于助人，复试前如何因救灾而影响了嗓子，则巧妙地借她弟弟之口表现出来。这样，陈伊玲的光辉形象，就得到了较完美的表现。此外，比较一下可以发现，侧面描写在刻画人物形象时，可以节省正面描写需费的大量笔墨，使得文章结构更加集中紧凑，表达更为简洁精练，这也是侧面描写的长处。

《〔仙吕〕醉中天·佳人脸上黑痣》

——抓住人物特点

◎ 作者

白朴

◎ 原文

疑是杨妃在，怎脱马嵬灾？曾与明皇捧砚来。美脸风流杀。巨奈挥毫李白，觑着娇态，洒松烟点破桃腮。

◎ 译文

莫不是杨贵妃还在世，她是怎样逃脱了马嵬坡的灾难呢？曾经为唐明皇捧着砚台走过来，美丽的面庞风流无比。可恨挥毫的李白，眼看其娇态走了神，竟笔头一歪，把墨点在了桃花般艳丽的脸颊上。

◎ **写作赏析**

这支小令的题目在诗词里很少见，此曲也不是名篇，但短短三十九字，有故事，有情节，有悬念，堪称妙绝。寥寥几笔，悬念迭起，笔落才发现这皆是由美人脸上的一颗痣引发的联想。

此曲体物细微、尖新奇警。作者在表现"黑痣"时，不是直接介绍它是如何吸引人的特征，而是寓形象于比喻，使用比喻也非开门见山，而是借用故事，迂回深入。首先用两句惊异语开头，突出这位佳人之美："疑是杨妃在，怎脱马嵬灾？"杨贵妃在马嵬坡遭到不幸，是人所共知的历史，作者设想她脱险了，至今犹在，这种想象是非常大胆新奇的。杨贵妃天生丽质，容貌倾国倾城，这又是人所共知的，作者将曲中的女子比作杨妃，题中的"佳人"二字就得到了证实。这一比喻显示了她的美貌，又是为她脸上美中不足的黑痣寻找开脱，可见作者对此题的咏写，是以爱怜为前提的。

大诗人李白在天宝初年曾入长安宫廷三年，相传受到隆重的宠遇，写文章时，曾由杨贵妃捧砚，内臣高力士脱靴（后者见于史书，前者则出于传说）。据此，"曾与明皇捧砚来"该作"曾与太白捧砚来"才是，但因李白是奉唐明皇之命写诗的，所以换个说法，其实际意思是曾代唐明皇捧砚，供李白挥毫。这样就使得皇帝和贵妃世俗化、平民化，并使得杨贵妃向黑痣靠近了一步。"美脸风流杀。"这么一个绝代佳人捧着砚台在旁边伺候，李白禁不住走了神，饱蘸浓墨，笔头一歪，向她的脸上挥去，"觑着娇态，洒松烟点破桃腮"，这才留下了一颗黑痣。容华绝代的美人的粉面上长着一颗由才华横溢的诗人点染而成的黑痣，相互映衬，更增娇态。作者并不把李白写作好色之徒，却借着他的举动，为佳人的黑痣"增重身价"，同时也婉曲地表现出脸部黑痣的特征。"叵奈"二字，兼有惋惜与无奈的意味，这再次说明诗人选用此题目的是为了显露新巧的构思，而没有轻薄嘲弄的用意。

白朴此曲，以一个"疑"字引出，悬念，情节，心理，寥寥几笔，全浮于纸上。其主要采用想象和夸张的艺术手法，以一个故事的形式来表现事物，生动活泼，逸趣横生，反映了作者富艳的才情。

◎ **写作技巧**

1. 千人千面。在写作时，我们经常不知道如何写好人物特点，但每个人都有自己的独特之处，只要善于观察，就会发现每个人的外貌都是不同的，如不同的容貌、神态、姿态、服饰等，往往反映着人物不同的个性和心理。外貌描述也需要符合人物年龄，不能千人一面。

2. 把握人物特点，注意对人物的细节描写。人物描写中，细节描写越生动，人物性格展现得就越突出。人物的细节描写主要包括对人物的语言、动作、神态、心理和外貌进行描写。人们的职业、年龄等不同，说出的话自然也就不同；人物心情有转变，神态、动作等也有所变化。这就要求我们做生活的有心人，做一个细心的人。

"母亲为儿子整理衣服时，发现儿子的衬衣袖口，也就是他握鼠标的那只手的袖口，纽扣松动了。

"她决定给儿子钉一下，要不然，就掉了。

"儿子很年轻，却已是一位声誉日隆的作家。天赋和勤奋成就了他的今天。母亲因此而骄傲，骄傲的时候就想，她是作家的母亲！

"屋子很静，只有儿子敲击键盘的嘀嘀嗒嗒声，为他行云流水的文字伴奏……母亲能从儿子的神态上看出，他正文思泉涌。所以，她在抽屉里找针线时，不敢弄出一点声响，唯恐打扰了儿子。还好，母亲发现了一个针管，针就插在线管上。她把它们取出来，轻轻推好抽屉……"

母亲生怕打扰文思泉涌的儿子，我们从这一段对母亲的动作描写也能看出母亲小心翼翼的模样。文段中并未提及母亲爱儿子的字眼，但这份母爱，早已跃然纸上，这就是细节的魅力所在。

3. 选择恰当的事例。通过一件事来写人，通常是表现人物的一种品质或性格的一个方面。为了刻画人物，对所写人物必须进行必要的外貌、语言、动作、心理、神态等方面的描写。但是从以事写人这个角度来说，最好是选择一件最能反映此人某一特点的事，并把这件事写好。在写事情的时候，我们要选择典型的事例。所谓典型事例，就是能集中反映中心思想的事，能够表现人物的好思想、好品质、美好情感的事。选择典型事例，要着眼于小事，选择那些最能反映深刻意义的小事。表面上看，这都是普普通通的小事，但是其中蕴含着深刻的意义，这就是我们常说的以小见大。

《〔中吕〕满庭芳·樵》

——正面与侧面描写相结合

◎ 作者

赵显宏

◎ 原文

腰间斧柯，观棋曾朽，修月曾磨。不将连理枝梢锉，无缺钢多。不饶过猿枝鹤窠，惯立尽石涧泥坡。还参破，名缰利锁，云外放怀歌。

◎ 译文

这樵夫腰间的斧子不同寻常，斧柄曾因观看仙人下棋而朽坏，斧面则为修月的需要磨得铮亮。他从不去破坏连理的树木，利钢的锋刃自不会损伤。猿猴攀立的枝条再险，野鹤筑巢的大树再高，他都施展身手，从不轻放。那崎岖的石涧，那泞滑的泥坡，他已司空见惯，站立得稳稳当当。他看破了浮名虚利，不受欲念的影响。白云外畅怀高歌，坦坦荡荡。（宋羽《元曲三百首》）

◎ **写作赏析**

起首五句，从樵夫随身不离的工具——斧子入手，先是运用了两则典故，一则是观看仙人下棋，以致烂了斧柄；一则是飞上天空，修磨七宝月轮。这两个典故都充满夸张色彩的传说，可见作者是借物而寓现，暗衬出樵夫的不同凡俗：他饱阅世事，所谓"五百年来棋一局，闲看数着烂樵柯"（徐渭《题王质烂柯图》）；身手不凡，所谓"从来修月手，合在广寒宫"（苏轼《正月一日雪中过淮谒客回作》）。咏"樵"而点涉"棋""月"，也说明这位樵夫具有雅士的素质。接着的两句，"不将连理枝梢锉，无缺钢多"，是巧妙的双关。表面上它仍是写斧，不去砍伐连理枝梢，故不至于锋刃卷缺，但其实质的含义，读者一目了然：连理枝是人间爱情和美好事物的象征，樵夫对它们爱惜有加，彰显他追求仁德和正义的品质。这两句更明显地闪动着人物的身影，为下文对樵夫的直接描写，做了不露痕迹的过渡。

六、七两句对仗，形象而深刻地绘述了樵夫的日常活动。猿猴出没于深山悬崖，"猿枝"极言樵伐之险；野鹤在大树的枝梢上筑巢栖居，"鹤窠"极言山木之高。而樵夫涉险攀高，视同等闲，"不饶过"表现了他的勇敢坚决。山中涧谷乱石崎岖，坡坂泞滑难以驻足，而无论是"石涧"还是"泥坡"，樵夫都如履平地。"惯立尽"三字，体现出他知难而进的无畏气概。

如果说以上的七句已将樵夫的樵薪生活与正直刚强的品格做了充分的表述，那么结尾三句，无疑是作者赞颂和审美的最强音。作者赞美樵夫，不仅因为他是生活的强者，更是出于他在精神上的超越。"还参破，名缰利锁，云外放怀歌"，活脱脱地表现了一位蔑视名利、傲睨尘俗的高士形象。"云外"二字意兼虚实，既表樵夫的实际处所，又表现他的脱俗风神。元曲中常有对"不识字烟波钓叟"（白朴《〔双调〕沉醉东风·渔父》）的赞美向慕，本篇这位"放怀歌云外樵夫"，是足以与之比并的。（宋羽《元曲三百首》）

◎ **写作技巧**

刻画人物形象，离不开对人物的描写。丁玲说有许多人物是我们大家都熟悉的，但是要把这个人物刻画出来，让读者认得、理解、体会，引起爱憎，是需要许多手法的。人物描写的手法常用的有正面描写和侧面描写两种。

"人是社会关系的总和。"在描写人物时，要将这些方法综合起来，灵活运用，这样才能把人物写得活灵活现，栩栩如生。

1. 正面描写与侧面描写相结合，以侧面烘托为辅。这是侧面描写使用最广泛的一种。正面描摹时，或以人物映衬，或用环境烘托，或通过事物加以点染。

比如鲁迅的小说《孔乙己》，全文详细地从正面描写了孔乙己第一次出场和最后一次出场的情景，但文中有关孔乙己被丁举人毒打的事是通过顾客描述的，属于侧面描写，这种侧面描写推动了故事情节的发展，使文章过渡非常自然、巧妙。

又如白居易的《琵琶行》在正面描写琵琶女的精彩弹奏后，用了"东船西舫悄无言，唯见江心秋月白"，从外部环境上加以烘托，侧面表现琵琶女弹奏的魅力。

2. 不宜正面描写的，用侧面描写加以渲染。侧面描写不仅能填补正面描写难以言说的空白，还能淋漓尽致地呈现描写对象难为人知的妙点、美点。

鲁迅先生的小说《药》中对夏瑜的描写，主要通过刽子手和茶客的谈论。一方面固然是鲁迅先生很难从正面去描写夏瑜，因为鲁迅先生笔下的夏瑜形象，是以革命者秋瑾为原型的，鲁迅对当时革命者情况的了解有限，正面描写可能有一定难度，而且即使写成也很难在当时发表；另一方面，更重要的是鲁迅通过刽子手和茶客的谈论，表现了群众对革命的不理解。

又如鲁迅《祝福》中介绍祥林嫂改嫁后的事，正面叙述有很大难度。鲁迅巧妙地利用卫老婆子来鲁四老爷家拜年，很自然地谈到祥林嫂，引出祥林嫂改嫁后的情况，为下文祥林嫂再到鲁镇埋下伏笔。

在具体描写人物时，也应根据主题需要，按照情节发展的具体情况，考虑是用正面描写还是用侧面描写，抑或是二者兼用。

《〔双调〕蟾宫曲·赠名妓玉莲》
——借物喻人增强感染力

◎ *作者*

徐再思

◎ *原文*

荆山一片玲珑，分付冯夷，捧出波中。白羽香寒，琼衣露重，粉面冰融。知造化私加密宠，为风流洗尽娇红。月对芙蓉，人在帘栊。太华朝云，太液秋风。

◎ *译文*

你就像荆山的一块美玉，被水神从水波中捧出。肌肤像洁白的羽毛，散发出幽幽清香；精美的衣裳仿佛缀满了晨露闪闪发光；涂着脂粉的面庞，似那正在融化的冰雪。造物主私下里肯定对你暗加宠爱，为了让你风流无限，把你清洗得如此娇美。皎洁月光洒在荷花丛里，你独自倚靠在窗边。让我想起华山美妙绝伦的朝霞，太液池中缓缓吹过的秋风。

◎ 写作赏析

这是一首写人小令。首句切"玉"字，"荆山""玲珑"都是玉的名称，"玲珑"还有表现美玉形象的意味。第二、三句概括出"冯夷""波中"，为"玉"过渡到"莲"做准备，以下就几乎句句述莲了。"白羽"化用了杜诗，杜甫在《巳上人茅斋》中有"江莲摇白羽"的句子。"白羽""琼衣""粉面"，无一不是对白莲花花姿的生动比喻，在诗人心目中，"玉莲"的基本特征应该是洁白的。"洗尽娇红""月对芙蓉"，将"玉莲"之白表现得淋漓尽致。

末两句则直接扣合"玉莲"或"白莲"，足见作者的巧思。然而，作品并非单纯地卖弄游戏技巧，而是尽力以玉莲花的美来比喻人物，表达了对张玉莲清雅脱俗、出淤泥而不染的品质的赞美。如"为风流洗尽娇红""月对芙蓉，人在帘栊"，就明显地含有张玉莲身处青楼却守身自好的寓意。又如"太华朝云""太液秋风"，在影射人名的同时，借助仙家和皇家景物的意象，彰显了玉莲的清逸和优雅。全曲造句婉丽，对仗工整，怜香惜玉之情溢于言表。

◎ 写作技巧

借物喻人，就是借某一事物的特点来比喻人的一种品格。这也是一种用来表现、突出中心思想常用的写作方法。无论写人记事还是写景状物，正确运用借物喻人的方法，可以使文章立意更深远，表情达意更含蓄；可以大大增强文章的表现力和感染力。运用借物喻人的方法需要注意的是：作文时，描述的事物的特点，要与人的品格有相似之处；让人读了文章，就能清楚地认识到，本文借物要说明什么精神，要借物赞誉怎样的人。如果不是这样的话，借物喻人的方法也就失去了其意义。

比如许地山的《落花生》，全文讲述全家欢度收获节，边品尝新花生，边谈论花生的好处，告诉人们，做人要做务实有用的人，不要做只讲体面而对别人没有好处的人。文章在谈论花生的好处时，写道"父亲说：'花生的好处很多，有一样最可贵。它的果实埋在地里，不像桃子、石榴、苹果那样，把鲜红嫩绿的果实高高地挂在枝头上，使人一见就生爱慕之心。你们看它矮矮地长在地上，等到成熟了，也不能立刻分辨出来它有没有果实，必须挖起来才知道。'我们都说是，母亲也点点头。父亲接下去说：'所以你们要像花生，它虽然不好看，可是很有用。'我说：'那么，人要做有用的人，不要做只讲体面，而对别人没有好处的人。'父亲说：'对。这是我对你们的希望。'"

这几段话就运用了借物喻人（借用花生的特点来比喻怎样做人）的方法：父亲引导孩子谈花生，目的是论人生；他赞美花生的品格，也是为了说明应该做怎样的人。"我"从父亲的话中体会到"人要做有用的人，不要做只讲体面，而对别人没有好处的人"。这个认识得到了父亲的肯定。这就像画龙点睛一样，很自然地表达了文章的中心思想。

《长亭送别》

——突出人物性格特征

◎ **作者**

王实甫

◎ **原文**

（夫人、长老上云）今日送张生赴京，十里长亭安排下筵席。我和长老先行，不见张生、小姐来到。（旦、末、红同上）（旦云）今日送张生上朝取应，早是离人伤感，况值那暮秋天气，好烦恼人也呵！悲欢聚散一杯酒，南北东西万里程。

〔正宫〕〔端正好〕碧云天，黄花地，西风紧，北雁南飞。晓来谁染霜林醉？总是离人泪。

〔滚绣球〕恨相见得迟，怨归去得疾。柳丝长玉骢难系。恨不倩疏林挂住斜晖。马儿迍迍的行，车儿快快的随。却告了相思回避，破题儿又早别离。听得道一声"去也"，松了金钏；遥望见十里长亭，减了玉肌。此恨谁知！

（红云）姐姐今日怎么不打扮？（旦云）你那知我的心里呵！

〔叨叨令〕见安排著车儿、马儿，不由人熬熬煎煎的气；有甚么心情花儿、靥儿，打扮得娇娇滴滴的媚；准备著被儿、枕儿，则索昏昏沉沉的睡；从今后衫儿、袖儿，都揾做重重叠叠的泪。兀的不闷杀人也么哥，兀的不闷杀人也么哥！久已后书儿、信儿，索与我恓恓惶惶的寄。

（做到）（见夫人科）（夫人云）张生和长老坐，小姐这壁坐，红娘将酒来。张生，你向前来，是自家亲眷，不要回避。俺今日将莺莺与你，到京师休辱末了俺孩儿，挣揣一个状元回来者。（末云）小生托夫

人余荫，凭著胸中之才，视官如拾芥耳。（洁云）夫人主见不差，张生不是落后的人。（把酒了，坐）（旦长吁科）

〔脱布衫〕下西风黄叶纷飞，染寒烟衰草萋迷。酒席上斜签著坐的，蹙愁眉死临侵地。

〔小梁州〕我见他阁泪汪汪不敢垂，恐怕人知；猛然见了把头低，长吁气，推整素罗衣。

〔幺篇〕虽然久后成佳配，奈时间怎不悲啼。意似痴，心如醉，昨宵今日，清减了小腰围。

（夫人云）小姐把盏者。（红递酒，旦把盏长吁科，云）请吃酒！

〔上小楼〕合欢未已，离愁相继。想著俺前暮私情，昨夜成亲，今日别离。我谂知这几日相思滋味，却原来比别离情更增十倍。

〔幺篇〕年少呵轻远别，情薄呵易弃掷。全不想腿儿相挨，脸儿相偎，手儿相携。你与俺崔相国做女婿，妻荣夫贵，但得一个并头莲，煞强如状元及第。

（夫人云）红娘把盏者。（红把酒科）（旦唱）

〔满庭芳〕供食太急，须臾对面，顷刻别离。若不是酒席间子母每当回避，有心待与他举案齐眉。虽然是厮守得一时半刻，也合著俺夫妻每共桌而食。眼底空留意，寻思起就里，险化做望夫石。

（红云）姐姐不曾吃早饭，饮一口儿汤水。（旦云）红娘，甚么汤水咽得下。

〔快活三〕将来的酒共食，尝著似土和泥；假若便是土和泥，也有些土气息，泥滋味。

〔朝天子〕暖溶溶玉醅，白泠泠似水，多半是相思泪。眼面前茶饭怕不待要吃，恨塞满愁肠胃。蜗角虚名，蝇头微利，拆鸳鸯在两下里。一个这壁，一个那壁，一递一声长吁气。

（夫人云）辆起车儿，俺先回去，小姐随后和红娘来。（下）（末辞洁科）（洁云）此一行别无话儿，贫僧准备买登科录看，做亲的茶饭。少不得贫僧的。先生在意，鞍马上保重者。从今经忏无心礼，专听春雷第一声。（下）（旦唱）

〔四边静〕霎时间杯盘狼藉，车儿投东，马儿向西。两意徘徊，落日山横翠。知他今宵宿在那里？有梦也难寻觅。

（旦云）张生，此一行得官不得官，疾早便回来。（末云）小生这一去白夺一个状元，正是：青霄有路终须到，金榜无名誓不归。（旦云）君行别无所赠，口占一绝，为君送行：弃掷今何在，当时且自亲。还将旧来意，怜取眼前人。（末云）小姐之意差矣，张珙更敢怜谁？谨赓一绝，以剖寸心：人生长远别，孰与最关亲？不遇知音者，谁怜长叹人？（旦唱）

〔耍孩儿〕淋漓襟袖啼红泪，比司马青衫更湿。伯劳东去燕西飞，未登程先问归期。虽然眼底人千里，且尽生前酒一杯。未饮心先醉，眼中流血，心里成灰。

〔五煞〕到京师服水土，趁程途节饮食，顺时自保揣身体。荒村雨露宜眠早，野店风霜要起迟。鞍马秋风里，最难调护，最要扶持。

〔四煞〕这忧愁诉与谁？相思只自知，老天不管人憔悴。泪添九曲黄河溢，恨压三峰华岳低。到晚来闷把西楼倚，见了些夕阳古道，衰柳长堤。

〔三煞〕笑吟吟一处来，哭啼啼独自归。归家若到罗帏里，昨宵个绣衾香暖留春住，今夜个翠被生寒有梦知。留恋你别无意，见据鞍上马，阁不住泪眼愁眉。

（末云）有甚言语嘱付小生咱？（旦唱）

〔二煞〕你休忧文齐福不齐，我只怕你停妻再娶妻。休要一春鱼雁无消息，我这里青鸾有信频须寄，你却休金榜无名誓不归。此一节君须记：若见了那异乡花草，再休似此处栖迟。

（末云）再谁似小姐？小生又生此念。（旦唱）

〔一煞〕青山隔送行，疏林不做美，淡烟暮霭相遮蔽。夕阳古道无人语，禾黍秋风听马嘶。我为甚么懒上车儿内？来时甚急，去后何迟？

（红云）夫人去好一会，姐姐，咱家去！（旦唱）

〔收尾〕四围山色中，一鞭残照里。遍人间烦恼填胸臆，量这些大小车儿如何载得起？

（旦、红下）（末云）仆童，赶早行一程儿，早寻个宿处。泪随流水急，愁逐野云飞。（下）

◎ 译文

（夫人、长老上场，说）今天送张生进京赶考，在这十里长亭，准备了送别酒宴。我和长老先行动身来到了长亭，只是还没见张生和小姐到来。（莺莺、张生、红娘一同上场）（莺莺说）今天送张生进京赶考，本就使离别的人伤感，何况又碰上这深秋季节，多么烦恼人呀！悲欢离合都在这一杯酒，从此就要各分东西相隔万里。

〔正宫〕〔端正好〕碧蓝的天空，开满了菊花的大地，西风猛烈地吹，大雁从北往南飞。清晨，是谁把经霜的枫林染红了？那总是离人的眼泪。

〔滚绣球〕恨相见得太迟，怨离别得太快。柳丝虽长，却难系住远行人的马，恨不能使疏林一直挂住那斜阳。张生的马慢慢地走，我和车紧紧地跟随，刚刚结束了相思之苦，却又开始了别离之愁。听他说"要走了"，人顿时消瘦下来；远远地望见十里长亭，人更消瘦了。这离愁别恨有谁能理解？

（红娘说）姐姐今天怎么不打扮？（莺莺说）你哪里知道我的心思

呵！（莺莺唱）

〔叨叨令〕看见准备要离去的车和马，我不由得难过生气，还有什么心情去插花儿、贴靥儿，打扮得娇娇滴滴的；准备好被子、枕头，昏昏沉沉地闷睡，从今后，那衫儿、袖儿只会揾满流不断的泪。怎么不愁煞人呀？怎么不愁煞人呀？从今往后，张生你要赶紧给我寄书信。

（到达长亭，拜见夫人）（夫人说）张生跟长老坐，小姐这边坐，红娘拿酒来。张生，你也上前来，都是自家的亲眷，不要回避。我今天把莺莺许配给了你，到了京城后不要辱没了我孩儿，努力争取一个状元回来。（张生说）小生我托夫人洪福，凭着胸中的才气，把考个功名看得就像拾根小草一样。（长老说）夫人的见识不会错，张生不是那不如人的人。（斟酒后，坐下）（莺莺长叹）

〔脱布衫〕西风吹来，黄叶乱飞，染上了寒霜之后的枯草满地都是。酒席上斜着身子坐的张生，紧锁着愁眉，没精打采，呆呆地发愣。

〔小梁州〕我看见他强忍着泪水而不敢任其流出，害怕被人发觉；猛然间又看见他把头低下，长长地吁气，假装整理自己的衣服。

〔幺篇〕虽然以后终成美好姻缘，无奈眼前这个时候，怎么不让人伤心悲泣！心意好像痴迷，心情如同醉酒，从昨夜到今天，细腰更加瘦减。

（夫人说）小姐斟酒。（红娘递酒壶，莺莺端着酒杯长吁叹气，说）请喝酒！

〔上小楼〕团圆欢聚没多久，离情别绪相继而来。想着我前天晚上私下定情，昨天晚上结为夫妻，今日却要分开。我深切体会了这几天相思的滋味，原来比别离的愁苦还要深十倍。

〔幺篇〕青春年少时，把别离看得很轻，情意淡薄，容易遗弃对方。全不想过去腿儿相挨，脸儿相依，手儿相携的情形与甜蜜。你给我崔相国家做女婿，算得上妻荣夫贵，我只求我们像并蒂莲永不分离，大可不必求取功名。

（夫人说）红娘倒酒吧。（红娘倒酒）（莺莺唱）

〔满庭芳〕斟酒上菜太快，相对片刻，马上又要分离。如果不是母亲在座，需要回避，真想和他叙叙夫妻之情。虽然只能相守一时半会儿，也算是我们夫妻同桌共食了。眼里空留着深意，回想起其中的波折，差一点化成望夫石。

（红娘说）姐姐不曾吃过早饭，就喝一口汤吧。（莺莺说）红娘，什么汤儿咽得下去呢！

〔快活三〕拿来的酒和食，吃着就像土和泥。假若就是真的土和泥，也有些土的气息，泥的滋味。

〔朝天子〕美酒清淡得如同水一样，这里边多半是相思的泪水。何尝不想吃眼前的茶饭，只是愁恨塞满了肠胃。为了一些微不足道的虚名小利，却把一对夫妻拆开。一个在这边，一个在那里，一声接着一声长长地叹气。

（夫人说）套上车儿，我先回去，小姐随后和红娘一起回来。（夫人下场）（张生和长老辞别）（长老说）你这一走我没有别的话要说，我准备买录取进士的名册，你定亲的茶饭还少不得我的。先生当心，一路上多保重！从今往后我无心诵习佛经，专听你高中状元的捷报。（长老下场）（莺莺唱）

〔四边静〕不一会儿送别的筵席结束，我的车往东，张生的马儿向西，两情依依难别离，夕阳的余晖照在绿色的山岗上。不知他今晚住在哪里？即使在梦中也难寻觅。

（莺莺说）张生，这一去不管得不得官，早早地回来。（张生说）我这次一定不费力地考取一个状元。正是青天有路终会到，金榜无名誓不回。（莺莺说）你这次赴考我没有什么相送的，吟诗一首，为你送行："抛弃我的人现在何处？想当初对我那么亲热。现在又用原来对我的情意，去爱怜眼前的新人。"（张生说）小姐的想法错了，我张珙怎么敢去爱怜新人？我续上一首绝句诗，来表达我的真心："人生难免有远别，我跟谁更亲密？如果不是遇上你，又有谁可怜我张生呢？"（莺莺唱）

〔耍孩儿〕湿淋淋的衣袖上沾满眼泪，比白居易的青衫更湿。伯劳鸟向东飞去燕子向西飞，还没有启程倒先问归期。虽然眼前人要远别千里，姑且先干了面前的这一杯酒。还没有喝酒心却先醉，眼里流血，内心如同死灰。

〔五煞〕希望你到了京城适应水土，及时赶路，节制饮食，适应季节的变化，保重自己的身体。荒村野店应早点休息，风霜雨雪天气应晚点上路，在秋风中远行，身体最难调护，更要照顾好自己。

〔四煞〕这忧愁向谁去诉说？相思之苦只有自己心里明白，老天爷才不管人是否憔悴。相思的泪水使九曲黄河都泛滥起来，怨恨能将华岳三峰都压低。到黄昏独自闷倚西楼，只见那夕阳古道，依依杨柳，千里长堤。

〔三煞〕笑嘻嘻一道来，哭啼啼独自回。回家后若是入罗帏，昨夜绣花被里又香又暖春意迷人，今夜里绣被冰冷难成梦。留恋你不为别的，只是见你攀鞍上马，忍不住泪水横流，紧锁眉头。

（张生说）有什么话要嘱咐我吗？（莺莺唱）

〔二煞〕你不要担心有文才而没有福气，我只怕你撇下前妻再娶妻。你不要一去就杳无音信。我会经常给你寄信，你千万不要有考不中就坚决不回来的想法。这一点你必须记住：如果遇上他乡女子，不要像在这里似的逗留迷恋。

（张生说）还有谁能比得上小姐？我又怎么会产生这种念头。（莺莺唱）

〔一煞〕青山阻隔我送行，疏林挡住我的目光，淡淡炊烟和那傍晚的雾气相互掩映。残阳斜照的古道没有人声，秋风吹过庄稼传来马的嘶鸣。我为什么懒得上车呢？来的时候多么急切，别离独回却又在此流连？

（红娘说）夫人回去好一会儿了，姐姐，咱们回家去！（莺莺唱）

〔收尾〕四周群山中，一马远去残阳里。整个人间的烦恼都填在我胸中，这小小的车子怎么能装得下呢？

（莺莺、红娘下场）（张生说）仆童，我们趁早赶一赶路程，早些找个住处。泪水随着流水更加多了，忧愁追逐着野云四处飘飞。（张生下场）

◎ **写作赏析**

这一折出自《西厢记》四本三折，写张生赴京赶考，莺莺送别的情景，刻画了莺莺离别时的痛苦心情和怨恨情绪，表现了张生和莺莺之间的真挚爱情，突出了莺莺的叛逆性格，强化了全剧歌颂婚姻自由、反对封建礼教的主题。全折分为四个部分。

第一部分（科白和〔端正好〕等三曲），是赴长亭路上的场面，写莺莺因离别而愁苦怨恨的心境。〔端正好〕一曲，情景交融，写深秋景象，勾起她的离情别绪。〔滚绣球〕一曲，主要以途中的景物为线索来抒发离别的怨恨。〔叨叨令〕以丰富的情态描写，叙述莺莺动身前已经产生和未来将要产生的愁绪。

第二部分（"（做到）"至"专听春雷第一声"），是长亭钱别的场面，主要刻画莺莺、张生二人缠绵依恋而又无可奈何的情态与心理，突出莺莺珍重爱情而轻视功名利禄的思想感情。"但得一个并头莲，煞强如状元及第""蜗角虚名，蝇头微利，拆鸳鸯在两下里"，表明了莺莺对赴试的态度，显示了她的反抗精神。

第三部分（〔四边静〕至"小生又生此念"），是临别叮嘱的场面，主要表现莺莺对张生的关心和担心：既希望他"得官不得官，疾便早回来"，又担心他考中后"停妻再娶妻"。这种心态不仅表现了莺莺对功名利禄的轻视，而且表明了她对二人未来深深的忧虑。

第四部分（〔一煞〕至结尾），是分手后的场面，描写莺莺目送张生依依难舍的情景和离别后的痛苦。

这一折突出地刻画了莺莺的叛逆性格。在她心目中，金榜题名，是"蜗角虚名，蝇头微利"，不是爱情的前提和基础，因此临别时不忘叮嘱张生"得官不得官，疾便早回来"，与老夫人的态度形成鲜明的对照。同时，她也有深深的忧虑，明确地告诉张生"我只怕你停妻再娶妻"。"停妻再娶妻"，这在男尊女卑的封建时代是有先例的。莺莺的态度突出地表现了她的叛逆性格和对爱情的执着。莺莺的离愁别恨，是她对不能掌握自己命运的悲哀和抗争，而不只限于儿女情长。她的离愁别恨中闪耀着重爱情轻功名、反抗封建礼教的思想光辉。

◎ 写作技巧

要让笔下的人物鲜活起来，关键在于突出人物性格特征。

描写人物的方法有很多，如肖像描写、语言描写、动作描写、心理描写、细节描写等。我们要突出人物的性格，也要从这几方面入手。

1. 外貌描写。世界上没有两片完全相同的树叶，人也一样，即使是双胞胎，也有不同的地方。在描写人物外貌的时候，我们千万不要写成人人都是"圆圆的脸蛋，大大的眼睛"，把人物描摹成概念化、大众化等脸谱。而且也不用面面俱到，头发、眉毛、眼睛、鼻子一把抓，只要抓住了重点或者只写一两个最有特色的地方即可。

鲁迅先生说过："忘记是谁说的了，总之是，要极省检的画出一个人的特点，最好是画他的眼睛。我以为这话是极对的，倘若画了全副的头发，即使细得逼真，也毫无意思。"

这段话形象地说明了描写外貌要抓住重点的深刻道理。

2. 语言、动作描写。人的一言一行，都反映了人物性格。不同性格的人，对待同一件事，会有不同的表现。

比如，老师批评学生，学生甲的反应是："她慢慢地低下了头，说：'老师，对不起，我下次再也不会了……'"学生乙的反应是："他的头微微地偏开，朝向窗户，漫不经心地嘟哝着：'知道了。'"

虽然我们不认识他们，作者也没有说明学生甲是一个比较乖巧、听话的人，学生乙是一个桀骜不驯的人，但通过这简短的动作和语言描写，就可以感受到他们各自不同的性格特点。

所以我们要表现一个人物的性格，就要仔细观察，描写他有特色的言行。

3. 心理活动描写。心理活动是人物内心世界的直接反映，所以描写人物的心理活动，可以很好地展现人物的性格特点。

描写心理活动的方法有直抒胸臆法、梦境隐射法、借景抒情法、心理剖析法等。不管采用哪一种方法，都要以一定的叙事为基础，切忌空洞地描写心理活动，否则这样的心理活动描写是苍白的，缺乏真实感的。

4. 细节描写。所谓"一粒沙里见世界，半瓣花上说人情"，说的就是细节问题。

我们描写人物要像拍电影一样，用一个个特写镜头，定格人物在一瞬间极具个性的表现，传达出人物特定情境里的独特情感，以细节见其性格。

第一步选择，即从整体中抽出细节；第二步放大，即迫近对象，明察秋毫，基础就是要善于观察、捕捉。

5. 多角度描写。没有哪一个人的性格是单一的。脾气暴躁的人，往往做事比较有魄力；性格腼腆的人，往往做事比较细心、耐心……所以我们选择材料要恰当、精练，要能够准确而生动地概括人物性格的丰富性和复杂性。这样的人物，才是生活中真实的再现，有血有肉，鲜活可感。

《〔双调〕潘妃曲（带月披星担惊怕）》
——多种多样的心理描写

◎ **作者**

商挺

◎ **原文**

带月披星担惊怕，久立纱窗下，等候他。蓦听得门外地皮儿踏，则道是冤家，原来风动荼蘼架。

◎ **译文**

趁着微弱的星光月色，我担惊受怕地伫立在纱窗下等候自己的心上人。猛然间听到门外脚步声踏踏，只以为是我所爱的他，原来是风儿吹动了荼蘼架发出的声响。

◎ **写作赏析**

这首散曲描写晚上少女在窗下等候情人到来的急切心情，十分细腻。等待时由于焦急、渴望、不安而产生错觉，合乎情理，自然生动。全曲基调轻松活泼，保留了民间俚歌亲切、平易的特色。

"带月披星担惊怕，久立纱窗下，等候他。"是说她趁着微弱的星光月色，担惊受怕地伫立在纱窗下等候自己的心上人，以倾诉衷肠。露凉夜冷，企盼心切，其焦灼之情呼之欲出。

"蓦听得门外地皮儿踏，则道是冤家，原来风动荼蘼架。"则是说在这殷殷期待之时，猛然听到门外传来了脚步声，少女的心禁不住一阵狂跳，以为是心上人来了，定睛一看，却不见人影，刚才误以为脚步声，原是风吹动荼蘼架所发出的声音。短短几句，将一个笃情、娇憨的少女形象刻画得栩栩如生。

此曲的突出特点是善于描绘特殊情状，制造别致的气氛。先是"带月披星担惊怕"，描绘的是星月在天、清幽冷寂的夜，这种担惊受怕的环境氛围使幽会的场景逼真而动人。之后"久立纱窗下"一句，又塑造出少女痴立的静态形象，表现出空气的沉滞和环境的寂静。

下文的"蓦听得门外地皮儿踏"更是巧妙，少女蓦然听得脚步声，心上人似乎已临近，马上就将登场。这种氛围吊起了读者的胃口，让人想要看看来人是什么模样。谁知最后才知道，这竟是个错觉，"原来风动荼蘼架"，满心的渴望和期盼都落了空，气氛一下子由紧张变得松弛。从"带月披星"到"久立"，到"蓦听得"，种种情状表现了少女难以抑制的思情。正是痴盼的袭扰才使她对声音失去了正确的判断，将本与脚步声差别甚远的风吹花架声当作了情人的脚步声。本以为约会将成，结果空欢喜一场，少女的怨艾可想而知，令读者也为之惋惜。

◎ 写作技巧

一篇有人物心理活动描写的文章，文章的好坏很大程度上取决于心理描写，怎样进行心理描写，这就很有讲究了。

所谓心理描写，就是对人物内心的思想活动、情感活动进行描写。心理描写能反映人物的思想性格，展示人物的内心世界，所以它也是刻画人物思想性格的重要手段之一，也是小说、戏剧、散文和记叙文中常用的方法。恰当的心理活动描写能揭示人物的性格特征，反映人物的思想变化，推动情节的发展，深化文章的主题等。

心理描写比肖像描写、语言描写等方法更能表达人物的七情六欲，揭示人物灵魂深处的奥秘，把单靠外部形象难以表现的内心感受揭示出来，让文学作品中的人物形象立体化，使其更为完整和真实。在文学作品中，塑造人物形象的目的都是为了展示人物的精神世界和性格特征。心理描写的目的也是如此。法国作家雨果说过："有一种比海更大的景象，是天空；还有一种比天空更大的景象，那就是人的内心世界。"人的心理活动的复杂多样，决定了心理描写具有多种多样的表现形式。

1. 内心独白，一般使用第一人称。犹如电影中人物思考时的画外音，是倾吐衷肠、透露"心曲"的一个重要手段。

2. 动作暗示，人的动作、行为总是受心理活动的支配，从行动中刻画人物的心理活动，揭示人物在特定环境下的内心世界，是心理描写的又一表现形式。

3. 景物烘托，即绘景而显情。作品中出现的景物，往往是"人化的自然"，渗透了人物的特定心情。景物烘托也分两种，一种是正衬，另一种是反衬，这两种方法都能起到较好的表达效果。

使用心理描写要注意以下几点：

第一，要抓住人物的本质特征，使心理描写符合人物性格发展的逻辑。

第二，要做到恰如其分，实事求是，不可主观臆造，无限制扩大。冗长烦琐的心理描写往往令人生厌。

第三，需要和肖像描写、动作描写、语言描写等多种写作手段有机地结合起来，才能产生良好的效果。

《〔正宫〕醉太平·讥贪小利者》
——用动作描写刻画人物

◎ **作者**

无名氏

◎ **原文**

夺泥燕口，削铁针头，刮金佛面细搜求：无中觅有。鹌鹑嗉里寻豌豆，鹭鸶腿上劈精肉，蚊子腹内刳脂油。亏老先生下手！

◎ **译文**

从燕子口中夺泥，从针头上削铁屑，从贴着金粉的菩萨脸上刮金，真是无中生有。从鹌鹑的喉囊里找豌豆，从鹭鸶的腿上劈些精肉，从蚊子的肚子里刳脂油。真亏得你老先生能下得去手！

◎ **写作赏析**

这首小令运用了极度夸张的手法和一系列的巧妙比喻，淋漓尽致地嘲讽了世上那些贪婪成性的猥琐人物。

起首三句，在三个分述和一个总括中，无一字言"贪"，而贪者形象却跃然纸上。"夺泥燕口"是说，春天燕子筑巢的时候，是靠着小小的嘴一口一口地衔来泥巴、树枝、羽毛等，一点一点地堆垛起来。一口泥，大约只有人的小指头大小。一只巢，也不知道需要燕子风里雨里飞多少个来回才能筑好。可是这个人却丝毫不怜恤这小小生灵生存的艰辛，不嫌弃它们口里那微不足道的泥土，硬是从它们口里夺下一口泥来。"削铁针头"，其实别说针尖，就是一根针掉在地上，人们也得摸索半天才能找到。可是这个人硬是能从针头上削下一块铁来拿走。"刮金佛面细搜求"，寺庙里的佛像大多是泥塑或铜雕，表面局部或全身镀金。在这个人眼里，佛像所有的价值只在于佛面上那一层薄薄的镀金。他只专心于用刀小心地刮下佛面薄薄的金层。

接下来"无中觅有"一句是对前三句的总括："无"是一般人眼中的无，"有"是这个人寻觅到的有。他总能在别人都不会注意到的地方找到"可揩之油""可拔之毛"，让人无法不"佩服"其眼光的犀利敏锐。

五、六、七句用三个逐步深入的意象，继续挖掘贪者之心：对一切可以捞一把的事物，从不轻易放过。鹌鹑吞到嗉里的豌豆，他要掏出；鹭鸶腿上的肉，他要劈下；蚊子小肚内，他要刮出脂油。这一系列艺术的夸张和形象的比喻，鲜明地突出了"贪小利者"的本质。

结句精警，抨击有力。所谓"老先生"者，实指元代的各级官吏，本称极尊者。这里却尽是讽刺，反话正说，干净利索却又幽默有力，极富戏剧性，让人惊讶到目瞪口呆，无话可说。

整首小令，显言直说，明白如话，却又潜藏着精心的艺术加工，巧妙运用了夸张和博喻手法，是一首以俗为雅、俗而有趣的俳谐曲中的上乘之作。作者将常人看来根本不可能的六种事物罗列在一起，造成一种奇妙的讽刺效果。正因作者是板起面孔、正儿八经地将这些事物罗列在一起，所以才具有了不攻自破的荒唐特点。动词"夺""削""寻""劈""刳"的选择与运用和六种排列工整的比喻，以及通俗得体的口语，又显出作者的苦心经营。该小令遣词造句是经过精心挑选和安排的，然而它给人的整体感觉却是平白浅近的。它更像一首民谣，于嬉笑怒骂间对当时贪婪无度和黩祸病民的贪官污吏、为富不仁者进行了深刻而尖锐的揭露和抨击，生动形象，入木三分，讽刺效果非常强烈。

动作描写是刻画人物的重要方法之一。人物的每一行动都是受其思想、性格制约的，因此，具体细致地描写某一人物在某一情况下做的反应——主要是动作反应，就势必显示出这一人物的内心活动、处世态度、思想品质。成功的动作描写，可以交代人物的身份、地位，可以反映人物心理活动的进程，可以表现人物的性格特征，有时候还能推动情节的发展。

老舍说过："描写人物最难的地方是使人物能立得起来。我们都知道利用职业，阶级，民族等特色，帮忙形成个特有的人格；可是，这些个东西并不一定能使人物活跃。反之，有的时候反因详细的介绍，而使人物更死板。我们应记住，要描写一个人必须知道此人的一切，但不要作相面式的全写在一处；我们须随时的用动作表现出他来。每一个动作中清楚的有力的表现出他一点来，他便越来越活泼，越实在。……这样，人物的感诉力才能深厚广大。"这就是说，只有成功地描写了人物的动作，才能使读者真切地感受到作者笔下是一个个栩栩如生的活人，人物的精神世界才能得以充分展示，形象才能真正立起来。

动作描写同样要求生动、具体、细致。要完整地描绘每一动作的前因和后果，表现动作发生、发展乃至结束的过程，使读者获得如临其境、如见其人的印象。要充分表现出人物的动态，使人物在一系列动作中显露出独特的个性和内在的思想，进而使形象更加丰满、完整、立体化。

动作描写的范围很广。诸如日常生活中的动作，生产劳动时的动作，文娱活动中的动作，军事活动中的动作，无所不可。但是，无论描写何种动作，其目的都是为塑造人物形象、表现作品主题服务。因此，动作描写切忌漫不经心，信手拈来，为描写而描写，要力求避免东鳞西爪，杂乱无章，动作游离于人物性格之外，还要防止动作相仿，陈词滥腔，表现不出人物的个性特征。

给读者留下深刻印象的动作描写，还要善于选择人物行动的特定场景，在浓淡相宜的背景上描摹独具一格的人物动作，以创造典型环境中的典型性格。而把人物的动作置于尖锐的冲突、斗争的旋涡之中来进行刻画，则往往更能起到较好的表达效果。

第四章

风格多样，学修辞手法

《〔双调〕庆东原（忘忧草）》

——排比手法的运用

◎ **作者**

白朴

◎ **原文**

忘忧草，含笑花，劝君闻早冠宜挂。那里也能言陆贾？那里也良谋子牙？那里也豪气张华？千古是非心，一夕渔樵话。

◎ **译文**

看看忘忧草，想想含笑花，劝你忘却忧愁，趁早离开官场。能言善辩的陆贾哪里去了？足智多谋的姜子牙哪里去了？文韬武略的张华哪里去了？千古万代的是非曲直，都成了渔人樵夫们一夜闲话的谈资。

◎ **写作赏析**

这是一支劝勉友人出世的曲子。全曲以两种植物起兴，劝人忘却忧愁，常含笑口。作者因为要把"忘忧"和"含笑"当成一种境界，这种境界只有在摆脱了名利之后才能达到，而用别的花、草不能配合词曲的主旨，所以才写"忘忧草""含笑花"，以表示不为忧愁所扰，含笑人生的情怀。而要从根本上摆脱人生的烦恼，宜及早挂冠，即辞官。作者在这里着一个"宜"字，意谓抛弃功名、脱离官场宜早不宜迟。

接着，曲子以一个鼎足对，用排比的修辞手法，提及三个历史人物：善辩的陆贾、多谋的子牙、充满豪气的张华。这是为了表明人才无用武之地时，不如早日归隐。按"庆东原"调式四、五、六句都是四字句，故一连排比三次的"那里也"是衬字。这三处衬字极为有用，它们拉长了叹息的语调，加重了叹息的语气，大有"言之不足则嗟叹之"的意味。

在对天连连发问长叹之后，曲子以"千古是非心，一夕渔樵话"作结。千古之是非曲直，都成了渔父樵夫们一夜闲话的谈资。白朴这里继承了唐诗、宋词中常用渔樵闲话来感慨兴亡这一做法，同时也回答了前文"那里也"的三个自问：若一定要追踪的话，可以发现，陆贾、子牙、张华们并非荡然无存，他们还"活"在渔樵们的饭后谈资之中。其言外之意是他们本无价值可言，他们的辨别是非之心、经世济民之业只不过给后人添了点茶余饭后的谈资罢了。

这首曲子的表达方式主要是议论，作者把许多历史人物拿出来作为论点的佐证，用这些论据论证了自己的观点。作者用典的方式增加了劝勉友人辞官的说服力，同时也将悠然闲适的人生志趣表现得活灵活现，语淡而味浓，超脱旷达的心境也随之跃然纸上。

◎ 写作技巧

排比是一种把结构相同或相似、意思密切相关、语气一致的词语或句子成串排列的一种修辞方法，利用意义相关或相近，结构相同或相似和语气相同的词组（主、谓、动、宾）或句子并排（三句或三句以上），段落并排（两段即可），达到一种加强语势的效果。排比的修辞功能可以概括为"增文势""广文义"。排比项顺势而出，语气一贯，节律强劲，各排比项意义范畴相同，带有列举和强化性质，可拓展和深化文意。

用排比来说理，可收到条理清晰的效果；用排比来抒情，节奏和谐，显得感情洋溢；用排比来叙事写景，能使层次清楚、描写细腻、形象生动……总之，排比的行文有节奏感，朗朗上口，有极强的说服力，能增强文章的表达效果和气势，深化主旨。

1. 用排比写人，可将人物刻画细致。例如："他的品质是那样的纯洁和高尚，他的意志是那样坚韧和刚强，他的气质是那样的淳朴和谦逊，他的胸怀是那样的美丽和宽广。"

2. 用排比写景，可将景物描写得细致入微，具有层次清楚、描写细腻、形象生动之效。如朱自清《春》一文中，"山朗润起来了，水涨起来了，太阳的脸红起来了。"再看郭风《松坊溪的冬天》一文中，"像柳絮一般的雪，像芦花一般的雪，像蒲公英的带绒毛的种子一般的雪，在风中飞舞"。这两句都很好地表现了景物的细微特征。

3. 运用排比说理，可将道理说得充分透彻。"燕子去了，有再来的时候；杨柳枯了，有再青的时候；桃花谢了，有再开的时候……"（朱自清《匆匆》）"一日之计在于晨，一年之计在于春，一生之计在于勤。"（谚语）

4. 运用排比抒情，节奏和谐，显得感情洋溢。

"保卫家乡，保卫黄河，保卫华北，保卫全中国！"

"我们不会忘记，朝鲜大嫂为帮助志愿军失去了她的双脚；我们也不会忘记，朝鲜大娘为了保护志愿军，失去了她的孙子；我们更不会忘记，朝鲜小姑娘为了营救志愿军，失去了她的母亲。"

恰当地运用排比可以表达强烈奔放的感情，周密地说明复杂的事理，增强语言的气势和表达效果。运用排比必须从内容的需要出发，不能生硬地拼凑排比的形式。

《〔正宫〕塞鸿秋（功名万里忙如燕）》

——比喻手法的运用

◎ **作者**

薛昂夫

◎ **原文**

功名万里忙如燕，斯文一脉微如线。光阴寸隙流如电，风霜两鬓白如练。尽道便休官，林下何曾见，至今寂寞彭泽县。

◎ **译文**

为了功名，像燕子一样千里奔忙。那一脉文雅脱俗的传统，已微弱如同丝线。时间像白驹过隙，又如闪电奔驰。饱经风霜的两鬓忽然间像素练一样雪白。都说马上就不再做官了，可在山林里哪曾见到过。直到现在，彭泽县令陶渊明那样的归隐者，也还是寂寞无朋友的。

◎ **写作赏析**

此曲开头以四个比喻，生动地勾画出官迷、政客们的可鄙形象。"功名万里"，用东汉班超封侯万里之典，此处借指求仕追官，争名夺利。"万里"巧谐万里忙碌之意。"忙如燕"，此处比喻醉心功名者碌碌之状。次句承上而直发感慨。"斯文"指礼让文雅，品格高尚。"微如线"，指斯文已荡然殆尽，为官作宦者只顾一己私利，彼此竞逐，有多少人还会想到国家百姓，有多少人还会想到互相礼让呢？那么，此时礼崩乐坏，官场腐败，尔虞我诈，自不言而尽在句中了。下两句进一步说明官场竞逐之人，乐此不疲，终一生而不歇。人生易老，时光如电，就在这忙碌如燕的南北奔走中，已是青春消尽，两鬓如霜。"尽道"二句：当官作宦者，越是恋栈者，越是把归隐挂在口边，真正的隐士又有几个？倘若真正地做了隐士，世上人也就不知其名，不知其事，嚷得大家都知道，可见这"隐"，十有八九是假话。"尽道"二字，冷峻至极，说尽了世道人心，带有强烈的嘲讽之意。结句为全曲点睛之笔，一语揭出曲之中心所在。渊明挂冠归隐，是历史上心口如一归隐田园的少数高士之一。他躬耕田亩，乐于山林，却从未自夸隐士，尽管后人对他赞不绝口，但也未见几个能真正追随其后。其间原因虽然各有不同，但千古一人，渊明也难免寂寞了。"寂寞"二字，与开篇"忙如燕"遥相呼应，两者对比，活画出官场竞逐，如蝇嗜血者的真面目。

这首小令前四句全对，这在散曲中称为联珠对或合璧对。其中首句总领全篇，抒发对仕途功名的慨叹。"万里"极言追求功名的劳碌，"忙如燕"则栩栩如生地刻画出热衷功名者汲汲奔竞的形象。燕子飞来忙去，所得甚微，句中因而也包括这些人劳而无功的隐意。接着三句，"如线""如电""如练"的比喻都十分形象。线极细，电极速，练极白，说明文章的传统岌岌可危，人生的岁月转瞬即逝，老境的到来触目惊心。这是对"功名万里"一句的诠释，也是给执迷不悟的热衷者的当头棒喝。当然，也有一部分功名场中人侥幸得官，但他们同样面临天丧斯文、光阴易逝、老境侵逼的窘境。于是他们装成清高的雅士，假惺惺地表示要退归林下。作者借用了唐代诗僧灵澈"相逢尽道休官好，林下何曾见一人"的诗意，又添了一句"至今寂寞彭泽县"，意思是说假如陶渊明活到今天，也会感到同道之人太少了。"寂寞彭泽县"同起句"功名万里忙如燕"，形成鲜明的对比。这就辛辣地抨击了世风，无情地剥下了官迷们的假面具。

这首小令全篇豪辣冷隽，语若贯珠，在愤世与讽世的同时，也流露出一种悯世的沉重心绪。周德清的《〔正宫〕塞鸿秋·浔阳即景》中，有"淮山数点青如靛"之句，在联珠对上有模仿此曲的明显痕迹，可见此作在当时颇有影响。

◎ **写作技巧**

比喻是最常用的修辞手法之一。比喻的含义是思想的对象同另外的事物具有类似点，就用另外的事物来比拟思想的对象，即用某一个事物或情境来比另一个事物或情境。这种打比方的修辞手法，就叫比喻，也叫譬喻。

比喻一般包括三个部分：本体（被比的事物或情境）、喻体（作比的事物或情境）、喻词（标明比喻关系的词）。比喻根据三个部分的异同和隐现可以划分为明喻、暗喻、借喻。除此之外，根据比喻的三个部分的结合情况，其变化形式有博喻、倒喻、反喻、缩喻、扩喻、较喻、回喻、互喻、曲喻等多种形式。

1. 明喻。本体、喻体都出现，中间用比喻词"像、似、若、仿佛、犹如、宛如、像……一样、仿佛……似的、恰似"等连接。常见形式是"甲像乙"。例如："叶子出水很高，像亭亭的舞女的裙。"

2. 暗喻。本体、喻体都出现，中间用比喻词"是、变成、构成了"等连接。典型形式是"甲变成乙"。

3. 借喻。不出现本体和比喻词，直接叙述喻体。借喻的典型形式是"甲代乙"。

4. 博喻。连用几个喻体共同说明一个本体。例如："一只巨大的白丁香把花开在了屋顶灰色的瓦楞上，如雪，如玉，如飞溅的浪花。"

5. 回喻：又名互喻，是一种先用喻体作本体，再用本体作喻体，互相设喻的比喻形式。

用比喻对某事物的特征进行描绘和渲染，可使事物形象生动具体，引发读者联想和想象，给人以鲜明深刻的印象，并使语言文采斐然，富有很强的感染力。

对道理进行比喻，用浅显易见的事物对深奥的道理加以描述，化抽象为具体，化繁为简，帮助人们深入地理解，并使语言生动形象，富有文采。

用比喻法描写事物，可使事物形象鲜明生动，加深读者的印象；用来说明道理，能使道理通俗易懂，使人易于理解。运用它可以把陌生的东西变为熟悉的东西，把深奥的道理浅显化，把抽象的事理具体化。

《〔中吕〕惜芳春·秋望》
——映衬手法的运用

◎ **作者**

乔吉

◎ **原文**

千山落叶岩岩瘦，百尺危阑寸寸愁。有人独倚晚妆楼。楼外柳，眉暗不禁秋。

◎ **译文**

一座座山峰木叶脱落，更显得山容劲瘦。倚遍高楼的栏杆，每一寸都驱不走忧愁。但在黄昏，还是有位女子，独自倚着妆楼凝眸。楼外是憔悴的秋柳，人和柳叶都一样黯然，对这凄凉的秋令难以禁受。

◎ **写作赏析**

起首两句对仗，托出了"秋望"的题面。两句的角度不同，前句是望中的秋景，后句是秋望的所在地与望者的心情。但两者又是互为映衬的，其间的维系就是一种悲秋的情调。先看前句，"千山落叶"是深秋常见的景象，而作者强调其"瘦"的特征，且谓"岩岩瘦"，简直是嶙峋骨立。但同样的景象，前人也有"落木千山天远大"（黄庭坚《登快阁》）的感受，可见景语本身无不带有观察者的主观感情色彩。再看次句，"百尺危阑寸寸愁"，明确地点出了"愁"无处不在。这一句写的是人物的感想，登高望远，处处见山川萧瑟，时令肃杀，倚遍阑杆，始终心情黯然。"寸寸"二字，可见伤愁的细腻多端，令人遐想。这样，前句的写景便成了愁意的外化，后句的言愁也有了物象的衬托，追寻两者的联系来看，甚至会使读者产生望山的愁人也是"岩岩瘦"的联想，这就是词曲常用的暗映手法。

第三句补明了"百尺危阑寸寸愁"的主角形象，用语清疏，而同样弥漫着哀怨悱恻的气氛。"晚妆楼"显示了主人公是一名年轻女子，"晚"虽是"妆"的修饰词，却同时有着时近黄昏的意味。"晚妆楼"前着"独倚"二字，清楚地表明了她独守空闺的思妇身份，令人联想起"梳洗罢，独倚望江楼"（温庭筠《望江南》）、"瞑色入高楼，有人楼上愁"（李白《菩萨蛮》）等前人诗词的意境。全句是一幅人物剪影，更是画龙点睛之笔。它回应并揭示了前两句的句外之旨，使读者恍然理解了她登楼远望、倚遍危阑的真正用心在于怀人，而不只是悲秋。

结尾二句毫不松懈，将"秋望"的哀怨之意淋漓尽致地表达出来。"楼外柳"是女子引领注视所在，既然"千山落叶"，柳叶"不禁秋"自是意料中事。但古人又常以柳喻女子眉，所谓"人言柳叶似愁眉""芙蓉如面柳如眉"，末句的"眉暗不禁秋"就成了巧妙的双关。"瘦""愁""独倚""不禁秋"，至此便传神地完成了女子本身形象的写照。

古人有"词密曲疏"的说法，其实在宋词的小令中，也常以清疏之笔收韵远隽永之效。这支散曲小令就颇有宋词的韵味。

◎ 写作技巧

映衬，是利用客观事物之间相类或相反的关系，以次要形象映照衬托主要形象的写作技法。映衬有正衬和反衬两种形式，相互映照、衬托。映衬如果用在写作手法上，就是前后相照应。映衬修辞手法与布局、配合比较，它的范围很广。

1. 正衬，即映衬事物和主要事物朝着相同的方向变化。例如："我冒了严寒，回到相隔二千余里，别了二十余年的故乡去。时候既然是深冬；渐近故乡时，天气又阴晦了，冷风吹进船舱中，呜呜的响，从篷隙向外一望，苍黄的天底下，远近横着几个萧索的荒村，没有一些活气。我的心禁不住悲凉起来了。"（鲁迅《故乡》）这里用荒凉萧条的环境和气氛，正衬作者悲凉的心情。

2. 反衬，即映衬事物对照主要事物朝着相反的方向变化。例如："淡黑的起伏的连山，仿佛是踊跃的铁的兽脊似的，都远远地向船尾跑去了，但我却还以为船慢。"（鲁迅《社戏》）用"……但我却还以为船慢"反衬"我"的急切心情。

《〔双调〕折桂令·寄远》

——设问手法的运用

◎ **作者**

乔吉

◎ **原文**

怎生来宽掩了裙儿？为玉削肌肤，香褪腰肢。饭不沾匙，睡如翻饼，气若游丝。得受用遮莫害死，果诚实有甚推辞？干闹了多时，本是结发的欢娱，倒做了彻骨儿相思。

◎ **译文**

为什么绸裙变宽松了？是因为肌肤损削，玉腰消瘦。吃饭不愿沾匙，睡觉像翻饼一般折腾，气息细微得像游丝。如果能享受婚姻的幸福，即使因此而死也心甘情愿。如果真心相爱，那么要我为爱情献身也毫不推辞。没有享受到幸福，本来是结发夫妻，却忍受着相思的痛苦。

◎ **写作赏析**

起首一问，实是自怨自艾，却引起了读者的注意。裙儿宽掩，自然是因为身体变瘦的缘故，接出"玉削肌肤，香褪腰肢"的答案，自在意料之中。但我们并不觉得累赘，这是因为它强调了女主角的消瘦憔悴，且以"玉""香"二字，暗示了她在此前的年轻美丽。"自从别后减容光"，古代年轻女子玉削香褪，谁都知道这是怎么一回事。然而本曲所写女主角相思断肠的表现却不同寻常，细腻如绘而又令人触目惊心。"饭不沾匙，睡如翻饼，气若游丝"，活画出一位吃不香、睡不着、病恹恹的多情女子的形象。这三句同徐再思《〔双调〕蟾宫曲·春情》的"身似浮云，心如飞絮，气若游丝"，都是曲中善于言情的名句。女子忍受着相思的折磨，而作者则进一步揭示出她一往情深、至死不悔的内心世界。"得受用"两句对仗，纯用方言口语，内容十分感人。支持着女子的信念，仅是"受用"与"实诚"，但即使以现代人的眼光来看，这两点也已深得爱情真谛的精粹。末尾三句显示了事与愿违的结局，语中虽含怨意，却仍表现出她不甘现状，愿为实现美满理想而继续作出牺牲的心志，既有缠绵悱恻的外部表现，又有坚贞不渝的内心独白，这就使读者不能不对女主角生发出深切的同情。

值得注意的是，本曲题作"寄远"，也就是说女子的自白全都是对远方丈夫的倾诉。这样一来，女子的怨艾、诉苦、申盟、述感，都更增添了生活的真实性与个性化的色彩。"干闹了多时""本是结发的欢娱，倒做了彻骨儿相思"，于本身的含义外，还带上了某种似嗔似娇的情味。诗人能将闺中思妇的心理用语言表现得如此深切，令人赞叹。

◎ 写作技巧

设问是一种常见的修辞手法，具有强调作用。为了强调某部分内容，故意先提出问题，明知故问，自问自答。正确地运用设问，能引人注意，启发思考；有助于层次分明，结构紧凑；可以更好地描写人物的思想活动；突出某些内容，使文章起波澜，有变化。运用设问要抓住读者关心的问题，如果问题既不重要，也不新颖，人们并不关心，修辞者却故弄玄虚，不仅不能提高表达效果，反而令人生厌。

1. 可以用设问做文章的标题，这样做能吸引读者，引发读者思考，更好地领会文章的中心思想。

2. 有的用在一段或一节文章的开头或结尾，能起到承上启下的过渡作用。

3. 在说理文章中，为了深入论证，在关键性的内容上设问说理。

运用设问的注意事项：

1.设问是自问自答，要求问句和答句要贴切，不能答非所问。

2.设问句应用在描写、议论、抒情的前面，以提醒读者，引起下文。

3.设问句要用在节骨眼上，不需要强调时，就不要问。

自问自答是设问的主要形式。它又可以分为以下几种：

1.一问一答，即提出一个设问句，紧跟着写一个答句。此种设问，能迅速集中读者注意力，吸引读者。

2.几问一答，即先集中提出一连串设问句，然后集中加以回答。此种设问，能增强论辩力量，引人深思。

3.连续问答，即连续使用一问一答式。此种设问，能造成一种步步紧逼、势不可当之气势，具有强大的论辩力量。

4.问而不答，例如："问苍茫大地，谁主沉浮？"（毛泽东《沁园春·长沙》）

具体应用如下：

①"什么是路？就是从没路的地方践踏出来的，从只有荆棘的地方开辟出来的。"（鲁迅《生命的路》）

②"谁是最可爱的人呢？我们的战士，我觉得他们是最可爱的人。"（魏巍《谁是最可爱的人》）

③"啊，是谁，这么早就把那亲爱的令人心醉的乡音送到我的耳畔？是谁，这么早就用他那吱吱哇哇的悦耳动听的音乐唤来了玫瑰色的黎明？是一个青年人。"（峻青《乡音》）

④"日本日立公司电机厂，五千五百人，年产一千二百万千瓦；咱们厂，八千九百人，年产一百二十万千瓦。这说明什么？要求我们干什么？"（蒋子龙《乔厂长上任记》）

⑤"老岩不是要在南方过年么？为什么提前回来了？一推门，我就

看到了一个奇迹：一把褐色的样式古朴的陶土瓦壶，在蜂窝炉上嗞嗞地冒着水汽。"（叶文玲《心香》）

⑥ "她像一只轻捷的小鸟一样飞走了。她刚一走，我就后悔了。晚上，校门口……这不明明是约会吗？万一让人看见了还讲得清楚？她怎么敢？到底有什么事呢？对了，一定是想把那张照片要回去，可是照片还在吕宏手里哩！"（张抗抗《夏》）

上面例①和例②是一问一答；例③是二问一答；例④和例⑤是二问不答；例⑥是四问不答。前面三个例句中，先故意设问，然后再自己回答，是为了提醒读者，引起读者深入思考；后面三个例句中，问而不答，目的是让读者去联想，去回味。设问的基本特点是"无疑而问"，在运用时首先要求我们对问题有清晰明确的认识，心中有数，然后才能做到善问善答；还要立足全局，当问则问，不当问则止，这样才不会使行文呆板，有波澜。

《〔双调〕清江引·钱塘怀古》
——拟人手法的运用

◎ **作者**

任昱

◎ **原文**

吴山越山山下水，总是凄凉意。江流今古愁，山雨兴亡泪。沙鸥笑人闲未得。

◎ 译文

群山脚下钱塘江水滚滚，绵延远去的江水仿佛有说不尽的凄凉。江流满载古今愁绪，山中的雨犹如为国家的衰亡流泪。江面的沙鸥仿似在嘲笑世人碌碌不得闲。

◎ 写作赏析

古人习惯称钱塘江北岸山为吴山，南岸山为越山，这是因为钱塘江曾为春秋时吴、越两国分界线。元曲家汪元亨即有"怕青山两岸分吴越"（《〔正宫〕醉太平·警世》）语。

此曲起首即以吴山、越山对举，点出"山下水"即钱塘江的咏写对象，而着一"总是凄凉意"的断语。一个"总"字，将"吴""越""山""水"尽行包括，且含有不分时间、无一例外的意味，已为题面的"怀古"蓄势。不直言"钱塘江水"，而以"吴山越山山下水"的回互句式出之，也见出了钱塘江夹岸青山、山水萦绕的态势。三、四句以工整的对仗，分别从水、山的两个角度写足"凄凉意"。江为动景，亘古长流，故着重从时间上表现所谓的"今古愁"。山为静物，也是历史忠实、可靠的见证，故着重从性质表述。所谓"兴亡泪"，以"雨"字做动词，不仅使凝练的对句增添了新警的韵味，还表明了"泪"的众多，即兴亡的纷纭。作者不详述怀古的内容，而全以沉郁浑融的感想代表，显示了在钱塘江浩渺山水中的苍茫心绪。

大处着笔，大言炎炎，一般都较难收束，本篇的结尾却有举重若轻之妙。"沙鸥"是钱塘江上的风光，又是闲逸自得和不存心机的象征。"沙鸥笑人闲未得"，"闲"字可同"今古""兴亡"对读，说明尽管历史活动不过是"凄凉意"的重复，但人们还是执迷不悟，大至江山社稷，小至功名利禄，争攘不已；又可与"今古愁""兴亡泪"对勘，表现出作者对自己怀古伤昔举动的自嘲。此外，从意象上说，"沙鸥笑人"，也正是江面凄凉景象的一种表现。作者对人世的百感交集，终究集聚到这一句上，自然就语重心长，耐人寻味了。

这支小令怀古伤今，把深沉的兴亡之感，融入景物描写中。国家兴亡，朝代更迭，历史变迁，物是人非，而山水如故。在千古不变的山山水水中，融入了深厚的历史感，引发人的感慨和感伤。末句"沙鸥笑人闲未得"，用拟人手法，看似轻松诙谐，含义却颇为丰富，别具深意。自然界的生物是那样悠然自得，而人世间则充满忙碌、竞争、劳顿，最终，一切的一切都将归于历史的陈迹。

◎ **写作技巧**

拟人是指把事物加以人格化，赋予它们以人类的思想感情、行动和语言能力。童话中拟人化的范围十分广泛，包括对动物、植物以及各种具体和抽象事物、概念、观念、品质的拟人化。

拟人化童话中的人格化的角色，并不等于生活中真实的人。他们具备了人的某些特点，但仍然保留物的许多属性，既是人又是物。例如《风筝找朋友》中的风和风筝，既有人的特点，又有风和风筝的特点，风对风筝说："你要是哭了，你的身上吸了泪水，就会变湿了，变得很重很重，我就推不动你，你也就飞不起来啦！"风要是换成雨就不能推风筝，风筝换成汽车，也不会怕被水弄湿，也不可能飞到天上去。太阳有很强的光和热，强光刺得风筝睁不开眼；热气又像火一样烫得风筝无法承受。假如写月亮和星星也有这样的光和热，就不符合月亮和星星的属性了。文中的月亮，身子是弯弯的，两头尖尖的，就像个弯钩；星星闪亮着眼睛……

因此，拟人不仅不能违反所拟之物原来的特点，而且还要照顾到物与人以及与其他物之间原有的关系，和支配它们的自然及生活规律。假如无缘无故地叫小鸟去访问鱼儿，鱼儿飞到天上去找月亮，这样的写法就很难被认为是成功的。

拟人手法又可分为三种情况。

1. 把非生物拟人化。例如：

（1）"波浪一边歌唱，一边冲向高空去迎接那雷声。"（高尔基《海燕》）

（2）"每条岭都是那么温柔，虽然下自山脚，上至岭顶，长满了珍贵的林木，可是谁也不孤峰突起，盛气凌人。"（老舍《内蒙风光》）

（3）"录音机接受了女主人的指令，'叭'的一声，不唱了。"（王蒙《春之声》）

（4）"街上非常热闹。电车不慌不忙地跑着，客客气气地响着铃铛枣，一点也不性急，好像在说：'借光。呃，借光。'"（张云翼《给孩子们·去看电影》）

（5）"这时，春风送来沁鼻的花香，满天的星星都在眨眼欢笑，仿佛对张老师那美好的想法给予肯定和鼓励……"（刘心武《班主任》）

（6）"一捆捆的稿纸从屋角的两只麻袋中探头探脑地露出脸来……"（徐迟《哥德巴赫猜想》）

上面这些例句中，把"波浪""岭""录音机""电车""星星""稿纸"等非生物当作人来描写，赋予它们一些人的动作和思想感情。

2. 把有生命的事物拟人化。例如：

（1）"单是周围的短短的泥墙根一带，就有无限趣味。油蛉在这里低唱，蟋蟀们在这里弹琴。"（鲁迅《从百草园到三味书屋》）

（2）"鸟儿将巢安在繁花嫩叶当中，高兴起来了，呼朋引伴地卖弄清脆的喉咙，唱出宛转的曲子，与轻风流水应和着。"（朱自清

《春》）

（3）"青蛙唱着恋歌，嫩蒲的香味散在春晚的暖气里。"（老舍《月牙儿》）

（4）"高粱好似一队队的'红领巾'，悄悄地把周围的道路观察；向日葵摇头微笑着，望不尽太阳起处的红色天涯。矮小而年高的垂柳，用苍绿的叶子抚摸着快熟的庄稼；密集的芦苇，细心地护卫着脚下偷偷开放的野花。"（郭小川《团泊洼的秋天》）

（5）"风雨能摧残樱花，但是冲风冒雨，樱花不是也能舒开笑脸么？"（杨朔《樱花雨》）

（6）"连每一根小草都在跳舞。"（王蒙《春之声》）

上面这些例句中，把"油蛉""蟋蟀""鸟儿""青蛙""高粱""向日葵""垂柳""芦苇""樱花""小草"等当作人来描写，赋予它们一些人的动作和思想感情。

3.把抽象概念拟人化。例如：

（1）"资本来到世间，从头到脚，每个毛孔都滴着血和肮脏的东西。"（马克思《资本论》）

（2）"你新的中国，人民的中国呵，你终于在旧中国的母体里，生长，壮大，成熟，你这个东方的巨人终于诞生了。"（何其芳《我们最伟大的节日》）

（3）"祖国大搞四个现代化，科学技术兴奋地赶来参加，你的领队是数理化，理、工、农、医都是你的战友和部下。"（高士其《让科学技术为祖国贡献才华》）

（4）"玻璃窗上的冰花已给太阳晒化了，窗外的积雪还是厚厚地盖在地上，对面的屋顶也是白皑皑的。冬天全没有离开大地的意思，好像要长久赖下去似的。"（艾芜《屋里的春天》）

（5）"正义被绑着示众，真理被蒙上眼睛，连元帅也被陷害，总理也死而含冤。"（艾青《在浪尖上》）

上面这些例句，把"资本""教条主义""新中国""科学技术""数理化""理、工、农、医""冬天""正义""真理"等抽象概念当作人来描写，赋予它们一些人的动作和思想感情。

《〔双调〕水仙子·咏江南》
——对偶手法的运用

◎ **作者**

张养浩

◎ **原文**

一江烟水照晴岚，两岸人家接画檐，芰荷丛一段秋光淡。看沙鸥舞再三，卷香风十里珠帘。画船儿天边至，酒旗儿风外飐。爱杀江南。

◎ **译文**

满江的烟波和岸边山中的雾气相映，河岸两边的人家，屋顶飞檐如画，似乎衔接在一起。江面上荷叶、菱叶丛生，浮在水中秋光安宁闲淡。看沙鸥往来翻飞，舞姿翩翩，香风透出珠帘在十里岸边弥漫。远处的画船正从天边驶来，酒家的旗帜迎风招展。真是喜爱这江南美景。

◎ **写作赏析**

"一江烟水照晴岚，两岸人家接画檐"两句采用对偶的写法，从大处落笔，先描写江上之景，雾霭弥漫，烟云缭绕，再写两岸人家，鳞次栉比，画梁相接，合乎"水仙子"的曲牌写法。首句画出一幅天然美景，江面经晴日照射，氤氲荡漾，更显出烟水迷茫之致。次句"两岸人家接画檐"写出了江南地区人口稠密和繁华富庶的特点。

接着作者又把注意力放到自然景物，"芰荷丛一段秋光淡"的"淡"用得好，冲淡了温柔水乡的浓郁春光，仿佛有抿去嚣扰的意味，更增添了几许诗意盎然的摇曳之姿。"看沙鸥舞再三"写的是作者张养浩本人闲洒自适的怡然之味。

"卷香风十里珠帘"暗示了其所在的温柔乡之香艳、富丽，和前面的画檐人家相呼应。"画船儿天边至，酒旗儿风外飐"相对，也是"水仙子"的惯例。而这两句不仅是字面相对，所描述的情景也恰成对应，一方频频召唤，一方倦旅来投。最后一句由客观观察转回主观感受，"爱杀江南"总结心得，既凸显主旨，又充分表达了情感。

这首小令在艺术处理上，能够把远近的景物交错来写，富有变化，让人对江南各种富有特色的景观心驰神往。

这首曲中最繁华富丽的句子是"两岸人家接画檐"。

该曲中运用了"一""两""再三""十"等数词，集中表现了江南风物明丽隽美的特点。由于选择的数词不同，富于变化，增强了生动活泼的情韵。五句写景由远而近，从大到小，写家人、荷塘、水禽，第六句写远方的船，第七句又写酒旗，极富条理性和层次感，表现了欢快的格调。

◎ 写作技巧

对偶通常是指文句中两两相对、字数相等、句法相似、平仄相对、意义相关的两个词组或句子构成的修辞法。对偶从意义上讲前后两部分密切关联，凝练集中，有很强的概括力；从形式上看，前后两部分整齐均匀、音节和谐，具有戒律感。严格的对偶还讲究平仄，充分利用汉语的声调。

从形式上对偶可以分为：

1. 单句对偶。一句对一句叫单句对。

例如："善无微而不赏，恶无纤而不贬。"（陈寿《三国志》）再小的善良之事和功劳都要给予褒奖，再微不足道的过错都要予以处罚。

"青山有幸埋忠骨，白铁无辜铸佞臣。"（岳飞墓联）青山感到荣幸的是坟里埋着岳飞的忠骨，白铁感到耻辱是坟前跪着的是用它铸造的秦桧等人的像。

2. 偶句对偶。两句对两句叫偶句对。

例如："六王毕，四海一。蜀山兀，阿房出。"（杜牧《阿房宫赋》）六国结束，四海统一。蜀山上的树木砍光了，阿房宫才建造起来。"六王毕"与"四海一"相对，都是主谓词组，"蜀山兀"与"阿房出"相对，也都是主谓词组，且"六王毕，四海一"与"蜀山兀，阿房出"相对。

3. 多句对偶。三句对三句，或更多的句子相对。

例如："登高而招，臂非加长也，而见者远；顺风而呼，声非加疾也，而闻者彰。"（荀子《劝学》）登上高处向人们招手，手臂并没有加长，可是很远的人也可以看见；顺着风势呼喊，声音并没有加大，可是听到的人却觉得很清楚。

4. 同一句中上下两个词语互相对偶。

例如："峰回路转""晓风残月""羽扇纶巾"。

根据内容对偶可以分为：

1. 正对偶。上下联表达的意思是同类或相近的，是互为补充的。

例如："海内存知己，天涯若比邻。"（王勃《送杜少府之任蜀州》）只要朋友互相知心，即使分离在天涯海角，也像近邻一样。此上下联的意思是相近相关的。"海内"，四海之内，古代指全中国。"比邻"，近邻。

"而或长烟一空，皓月千里，浮光跃金，静影沉璧。"（范仲淹《岳阳楼记》）有时长空中的烟雾一下子消散，皎洁的月光一泻千里，浮动的波光闪耀着金色的光彩，明月的倒影像一块璧玉，静静地沉浸在水底。"皓月千里"对"长烟一空"，"静影沉璧"对"浮光跃金"，上下联意思相关互补。

2. 反对偶。上下联表达的意思是相反或相对的，多指同一事物的两个方面。

例如："锲而舍之，朽木不折；锲而不舍，金石可镂。"（荀子《劝学》）用刀刻东西，刻一阵子就放下，即使是腐朽的木头也刻不断；不停地用刀子刻下去，即使是坚硬的金石也能被刻穿。"锲而舍之"与"锲而不舍"意思相反。

"然则诸侯之地有限，暴秦之欲无厌，奉之弥繁，侵之愈急……"（苏洵《六国论》）列国诸侯的土地是有限的，贪暴的秦国的欲望是不能满足的。奉送给它的越多，它就越侵略你。"诸侯之地有限"与"暴秦之欲无厌"是相反的，"奉之弥繁"与"侵之愈急"是相反的。

3. 串对偶（流水对）。即"相串成对"，如流水顺承而下，因此又叫流水对。它的起句与对句是从事物的发展过程说的，因此意思是紧密连贯的。

例如："即从巴峡穿巫峡，便下襄阳向洛阳。"（杜甫《闻官军收河南河北》）即刻从巴峡穿过巫峡，便可到达襄阳，再向洛阳进发。行经巴峡、巫峡，再过襄阳，直向洛阳，一气贯下，写出急欲出蜀的喜悦心情。

"欲穷千里目，更上一层楼。"（王之涣《登鹳雀楼》）要想用尽目力眺望到极远的地方，那就要再上一层楼。欲穷尽目力，就必然要继续登高。

根据结构对偶可以分为：

1. 成分对偶。

例如："然而我的坏处，是在论时事不留面子，砭锢弊常取类型，而后者尤与时宜不合。"（鲁迅《伪自由书·前记》）其中"论时事不留面子"与"砭锢弊常取类型"均为句子中的成分，所以称成分对偶。

2. 句子对偶。

例如："落霞与孤鹜齐飞，秋水共长天一色。"（王勃《滕王阁序》）其中"落霞与孤鹜齐飞"与"秋水共长天一色"均为独立的一句，所以称句子对偶。

《〔双调〕沉醉东风·归田》
——对比手法的运用

◎ 作者

汪元亨

◎ 原文

远城市人稠物穰，近村居水色山光。熏陶成野叟情，铲削去时官样，演习会牧歌樵唱。老瓦盆边醉几场，不撞入天罗地网。

达时务呼为俊杰，弃功名岂是痴呆。脚不登王粲楼，手莫弹冯驩铗，赋归来竹篱茅舍。古今陶潜是一绝，为五斗腰肢倦折。

◎ 译文

远离了城市的喧嚣，住在山水风光的乡村，不知不觉有了老头子的情怀，把当官的烙印都消除了，学会了民歌野曲，端着老瓦盆和几个农夫喝碗小酒，再也不投身那天罗地网的官场。

发达了被人唤作俊杰，放弃了功名就要被叫作痴呆吗？不学那王粲登楼，冯骥弹琴，他们只是追求功名，辞官归隐竹篱茅舍，古今只有陶渊明是真俊杰，不为那五斗米折腰。

◎ 写作赏析

首先，用喧嚣热闹的都市与清幽恬适的村庄对比（明比）。都市的富贵繁华，没有给予作者优越的舒适感，反而令其觉得自己像久在笼中的鸟，失去自由，失去乐趣，失去本性；而竹篱茅舍，环山傍水的宁静村庄，天然无雕饰，极具诱惑，人在这里无拘束无忧虑，心情舒畅地过着淳朴的生活，虽"带月荷锄归"，不无辛苦，甚至"饥来驱我去"，难免饥寒，但日子过得踏实，过得充实。乡野清幽淡雅的环境很适合作者生活，更是他精神得到解脱的地方，故"近村居水色山光"，是说自己要投入新环境新生活中去。此外，处在元末乱世的作者，能做到"远城市人稠物穰"，足见他是一位敢于改变自己，对自由生活有所追求的士大夫。通过城乡生活的对照，展现的不仅仅是环境氛围的差异，更是作者的勇气。

其次，用污浊险恶的官场与清新优美的田园对比（暗比）。作者曾以"苍蝇竞争，黑蚁争穴"形容当时官场的腐朽，表达厌恶之情，而对清新幽静的田园则描述到"居山林""看青山，玩绿水"……充满了喜悦之情。这种感情上的差异，折射出他对生活价值的取向，官场的生活已让他厌倦，并说出"急流中勇退是豪杰，不因循苟且"，表明退出仕途的决心，而那"采黄花，摘红叶""随分耕耘""演习会牧歌樵唱"的田园生活令他神往，于是他主动选择"绝念荣华，甘心恬淡"的道路。他乐田躬耕，是为了最终能够摆脱官场的"天罗地网"，过上自由自在的生活；他歌咏隐逸，"老瓦盆边醉几场"，庆幸自己身心得到了解放。这两种境界的对比，展现的不仅仅是作者摆脱羁绊而获自由的幸福之情，更是对自身价值的重新认识。

最后，用虚假多变的"时官样"与纯真率真的"野叟情"对比（暗比）。作者对归田前的"官样"和归田后陶冶成的"野叟情"怀有憎恶和喜爱的不同感情。但这前后感情和态度的变化不是静态的，而是动态的，是以行动来表现作者思想本质的改变。这体现在生活作风、生活方式上的改变，一是从官场来到乡村，环境变了，自己的生活作风也要彻底改变。清除官场中的习气，就是不迎合，不依附，不伪装，不再察言观色地行事，与随波逐流的坏习气彻底决绝；去掉官吏的架子，就是把身上沾有的发号施令、指手画脚的官僚作风去掉，回归"野叟情"，亲近"野叟情"。所以，"铲削去时官样"暗示作者的人格和尊严没有丢失。二是种地求食，生活在自己的田园——学会"牧歌樵唱"，享受悠然之后；"竹几藤床，草舍柴门"，怡然俭朴的生活，熏陶成野叟老农的性情，由此鲜明地反映出作者的叛逆精神。

摆脱束缚而流露的欣喜之情，在于表明作者具有积极的追求精神和改变自己的勇气；为归田村居生活而深感自豪，在于表明作者具有淳朴的人生价值和安贫乐道的思想。这是心灵的净化，是高唱人生新旅途新生活的真情流露。

◎ **写作技巧**

把两个相反、相对的事物或同一事物相反、相对的两个方面放在一起，用比较的方法加以描述或说明，这种修辞手法叫对比，也叫对照。

对比手法可以让读者在比较中分清好坏、辨别是非。写作中的对比手法，就是把事物、现象和过程中矛盾的双方，安置在一定条件下，使之集中在一个完整的艺术统一体中，形成相辅相成的比照和呼应关系。

运用这种手法，有利于充分显示事物的矛盾，突出被表现事物的本质特征，加强文章的艺术效果和感染力。

从构成的方式看，对比有两种情形。

1. 反面对比。

2. 反物对比。

对比还有反差的意思，使相反或相对事物的特征或本质凸显出来，更为鲜明、突出。

另外，对比与衬托是不同的，二者的区别在于：

1. 衬托有主、宾之分，陪衬事物是为被陪衬事物服务的，是为了突出被陪衬事物的。对比是表明对立现象的，两种对立的事物是平行的并列关系，并无主、宾之分。

2. 衬托描写的是两个事物；对比可以是两个事物，也可以是一个事物的两个不同方面。

3. 衬托的修辞效果主要在于凸显正面或反面事物，表达强烈的思想感情，深化文章的中心思想，即俗话所说的"红花还须绿叶扶"。对比的修辞效果主要是用比较的方式凸显事物的本质，使好的显得更好，使坏的显得更坏，让人们在比较中鉴别，给人们留下深刻而鲜明的印象。

第五章

温婉典雅，学抒情技巧

《〔越调〕天净沙·秋思》

——情景交融法

◎ **作者**

马致远

◎ **原文**

枯藤老树昏鸦，小桥流水人家，古道西风瘦马。夕阳西下，断肠人在天涯。

◎ **译文**

天色黄昏，一群乌鸦落在枯藤缠绕的老树上，发出凄厉的哀鸣。小桥下流水哗哗作响，小桥边庄户人家炊烟袅袅。古道上一匹瘦马，顶着西风艰难地前行。夕阳渐渐地失去了光泽，从西边落下。凄寒的夜色里，只有孤独的旅人漂泊在遥远的地方。

◎ **写作赏析**

这首小令很短，只有五句二十八个字，全曲无一秋字，却描绘出一幅凄凉动人的秋郊夕照图，并且准确地传达出旅人凄苦的心境，被赞为秋思之祖。这首成功的曲作，从多方面体现了中国古典诗歌的艺术特征，对我们的日常写作具有借鉴意义。

1. 以景托情，寓情于景，在景情的交融中构成一种凄凉悲苦的意境。中国古典诗歌十分讲究意境。意境是中国古典诗歌美学中的一个重要范畴，它的本质特征在于情景交融、心物合一。情与景能否妙合，成为能否构成意境的关键。王夫之《姜斋诗话》曰："情景名为二，而实不可离。神于诗者，妙合无垠。"王国维《人间词话》云："一切景语皆情语也。"马致远这首小令，前四句皆写景色，这些景语都是情语，

"枯""老""昏""瘦"等字眼使浓郁的秋色之中蕴含着无限凄凉悲苦的情调。而最后一句"断肠人在天涯"作为曲眼更具有画龙点睛之妙，使前四句所描之景成为人活动的环境，作为天涯断肠人内心悲凉情感的触发物。曲上的景物既是马致远旅途中之所见，同时又是其情感载体，心中之物。全曲景中有情，情中有景，情景妙合，构成了一种动人的艺术境界。

2. 使用众多密集的意象来表达作者的羁旅之苦和悲秋之恨，使作品充满浓郁的诗情。意象是指诗歌之中用以传达作者情感，寄寓作者思想的艺术形象。中国古典诗歌往往具有使用意象繁复密集的特色，不少诗人常常使用众多的意象来表情达意。马致远此曲明显体现了这一特色，短短的二十八个字使用了十种意象，这些意象既是断肠人生活的真实环境，又是他内心沉重的忧伤悲凉的载体。如果没有这些意象，这首曲也就不复存在了。

与意象繁复性并存的是意象表意的单一性。在同一作品之中，不同的意象地位比较均衡，并无刻意突出某个个体，其情感指向趋于一致，即众多的意象往往共同传达着作者的同一情感基调。此曲亦如此。作者为了表达自己惆怅感伤的情怀，选用众多的物象入诗。而这些物象能够传达作者的内心情感，情与景的结合，便使作品中意象的情感指向呈现一致性、单一性。众多的意象被作者以情感线索串联起来，构成一幅完整的图画。

意象的繁复性与单一性的结合，是造成中国古典诗歌意蕴深厚、境界和谐、诗味浓重的重要原因。

古典诗歌中意象的安排往往具有多而不乱、层次分明的特点，这种有序性的产生得力于作者以时间、空间的正常顺序来安排意象的习惯。

有人称马致远的这首《〔越调〕天净沙·秋思》为"并列式意象

从元曲中汲取写作智慧

组合"，其实并列之中依然体现出一定的顺序来。全曲十个意象，前九个自然地分为三组。藤缠树、树上落鸦，第一组是由下及上的排列；桥、桥下水、水边住家，第二组是由近及远的排列；古驿道、道上西风瘦马，第三组是从远方而到眼前的排列，中间略有变化。由于中间插入"西风"写触感，变换了描写角度，因而增加了意象的跳跃感，但这种跳跃仍是局部的，不超出秋景的范围。最后一个意象"夕阳西下"，是全曲的大背景，它将前九个意象全部统摄起来，造成一时多空的场面。由于它本身也是放远目光的产物，因此作品在整体上也表现出由近及远的空间排列顺序。从"老树"到"流水"，到"古道"，再到"夕阳"，作者的视野层层扩大，步步拓开。这也是意象有序性的表现之一。

3. 善于加工提炼，用极其简练的白描手法，勾勒出游子深秋远行图。马致远《〔越调〕天净沙·秋思》小令中出现的意象并不新颖。其中"古道"一词，最早出现在署名为李白的《忆秦娥》词中"乐游原上清秋节，咸阳古道音尘绝"。宋代张炎《壶中天》词中也有"老柳官河，斜阳古道，风定波犹直"。此外，有六个意象出现在"落日平林噪晚鸦，风袖翩翩催瘦马，一径入天涯，荒凉古岸，衰草带霜滑，瞥见个孤林端入画。篱落萧疏带浅沙，一个老大伯捕鱼虾，横桥流水，茅舍映荻花。"（董解元《西厢记》〔仙吕〕赏花时）。

又有元代无名氏小令《〔仙吕〕醉中天》（见《乐府新声》）："老树悬藤挂，落日映残霞。隐隐平林噪晚鸦，一带山如画。懒设设鞭催瘦马。夕阳西下，竹篱茅舍人家。"也有六个意象与马曲相同。

十分明显，《〔仙吕〕醉中天》是从《〔仙吕〕赏花时》中脱化而来，模拟痕迹犹在，二曲中出现的意象虽与马曲多有相同之处，但相比之下，皆不如《〔越调〕天净沙·秋思》纯朴、自然、精练。

马致远在创作《〔越调〕天净沙·秋思》时受到董曲的影响和启发，这是无疑的，但他不是一味模仿，而是根据自己的生活体验与审美进行了重新创作。在景物的选择上，他为了突出与强化凄惨悲苦的情感，选取了最能体现秋季凄凉萧条景色，最能表现羁旅行人孤苦惆怅情怀的十个意象入曲，将自己的情感浓缩于这十个意象之中，最后才以点睛之笔揭示全曲主题。他删了一些虽然很美，但与表达情感不合的景物。如"茅舍映荻花""落日映残霞""一带山如画"，使全曲的意象在表达情感上具有统一性。

　　在词句的锤炼上，马致远充分显示了他的才能，前三句十八个字中，全是名词和形容词，无一动词，各种景物的关系以及它们各自的动态与形状，全靠读者根据意象之间的组织排列顺序以及自己的生活经验去把握。这种奇妙的用字法，实属罕见，唐代温庭筠的《商山早行》中"鸡声茅店月，人迹板桥霜"与马曲用字法相似，但其容量仍不如马曲大。马曲用字之简练已达到不能再减的程度，用最少的文字来表达丰富的情感，这正是《〔越调〕天净沙·秋思》这首小令艺术上取得成功的原因之一。

　　4. 采用悲秋这一审美情感体验方式，来抒发羁旅游子的悲苦情怀，使个人的情感获得普遍的社会意义。悲秋，是人们面对秋景所产生的一种悲哀忧愁的情绪体验。由于秋景（特别是晚秋）多是冷落、萧瑟、凄暗，多与黄昏、残阳、落叶、枯枝相伴，成为万物衰亡的象征，故秋景一方面能给人以生理上的寒感，另一方面又能引发人心中固有的悲哀之情。宋玉开创了以悲秋为主要审美体验形式的感伤主义文学先河，他通过描写秋日"草木摇落而变衰"的萧瑟景象，抒发自己对人生仕途的失意之感，而且他将自己面对秋色所产生的凄苦悲凉的意绪形容成犹如远行一般，"僚慄兮（凄凉），若在远行""廓落兮（孤独空寂），羁旅而无友生"。这就说明悲秋与悲远行在情绪体验上有着相同之处。这之后，悲秋逐渐成为文人最为普遍的审美体验形式之一，而且将悲秋与身世之叹紧密地联系在一起。杜甫"万里悲秋常作客"便是一例。马致远这首小令也是如此。虽然曲中的意象并不新颖，所表达的情感也不算新鲜，但是由于它以精练言词表达出文人一种传统的情感体验，因此它获得了不朽的生命力，引起后世文人的共鸣。

这首小令采取寓情于景的手法来渲染气氛，显示主题，完美地表现了漂泊天涯的旅人的愁思。（施旸《轻吟浅唱　折花映春：品古典诗词之美》）

◎ 写作技巧

情景交融法，是指在描写的景物之中融入作者主观感情的写作方法。运用这种方法作文，能使情与景高度融合，所写的景融入感情色彩，所抒发的感情又寄托在景物之中，从而达到景中有情、情以景显、情景交融的艺术效果。

描绘景物往往离不开抒情。运用情景交融法，最主要的是抒发作者的感情。景是外在的，情是内在的。或触景生情，或因情设景，但都必须融情于景，景中含情。

运用情景交融的写作方法，要注意三点。一是要寻找适合抒发感情的某一类景物。例如，抒发欢快之情可以借助于美好的景物，抒发悲哀之情可以借助凄凉的景物。二是根据抒发感情的需要，可以先景后情，也可以先情后景。三是可用夸张、拟人等修辞手法将感情渗透于字里行间，融于景物描写之中，使一切景物都含情，一切景语皆情语。

俗话说：人非草木，孰能无情？人总是有情感的，而人写出的文章，字里行间也浸透了作者的情感。因此，文章也应是有情之物，它理当成为思想感情的载体。我们写作文时，应既有情感体现，又有景物描写，要做到情景交融，浑然一体，景中含情，寓情于景，以使文章内容丰富，感情浓烈，文采灿然。

例如，茅盾的《风景谈》这篇文章，就很好地处理了情和景的关系，写出了延安的生活面貌和人的精神状态。作者在文中这样写道："不过仍旧回到'风景'吧；在这里，人依然是'风景'的构成者，没有了人，还有什么可以称道的？再者，如果不是内心生活极其充满的人作为这里的主宰，那又有什么值得怀念？"这说明，一切风景只因有了人的参与，才成为景物，或者说，一切景物只因赋予了人的情感，才显得生机勃勃，饶有情致。

《〔正宫〕醉太平（泥金小简）》
——借景抒情法

◎ **作者**

刘庭信

◎ **原文**

泥金小简，白玉连环，牵情惹恨两三番。好光阴等闲。景阑珊绣帘风软杨花散，泪阑干绿窗雨洒梨花绽，锦斓斑香闺春老杏花残。奈薄情未还。

◎ **译文**

用金粉涂饰的信笺，还有白玉连环，这些珍贵之物牵愁惹恨两次三番。大好的光阴被白白浪费掉。春景衰残，风吹绣帘，杨花飘散；泪珠飞洒，雨打绿窗，梨花烂漫；杏花凋零，香闺中春意渐远，无奈心上人仍未回来。

◎ 写作赏析

这是一首闺怨之作，写闺中少妇的相思之情。开头四句写女子愁的起因。泥金简、白玉环是薄情郎的曾用之物，睹物思人，回忆往事，愈发牵出了几番愁怨。"景阑珊"三个鼎足对句，铺垫了"好光阴等闲"，感叹大好春光白白流逝。这显然是一语双关。少女的青春如同这春天的美景，也在渐渐逝去。结句"奈薄情未还"点明主旨，包含着对心上人的怨恨，同样是表现少女的思念之切，说明女子的这一切愁怨都只因"忆归"而起。

该小令借景写情，托物兴感，感情深沉细腻，文辞自然流畅。

◎ 写作技巧

借景抒情是指作者带着强烈的主观感情去描写客观景物，把自身所要抒发的感情、此刻的心情寄寓在此景此物中。通过景物来抒情，是一种写作手法。它的特点是"景生情，情生景"，情景交融，浑然一体。在文章中只写景，不直接抒情，以景物描写代替感情抒发，也就是王国维说的"一切景语皆情语"。

在我国古代诗歌中，松、竹、梅、兰、山石、溪流、沙漠、古道、边关、落日、夜月、清风、细雨和微草等，常常是诗人借以抒情的对象。如白居易的"野火烧不尽，春风吹又生"借"原上草"的顽强抗争，抒发自然规律的不可抗拒。

如杜甫的《春望》："国破山河在，城春草木深。感时花溅泪，恨别鸟惊心。"诗人通过对花鸟草木的描写来抒发亡国的忧愤、离散的感伤。在写作中，抒情而不只写情，绘景而不只写景，借景抒情，情以景兴，能使文章含而不露，蕴藉悠远，情丰意密，深切动人。

采用借景抒情法，能使情和景互相感应，互相交融，互相依托，从而创造一种物我一体的艺术境界，完整地表达作者的思想感情，有极强的感染力，可以使读者懂作者的感受。

运用借景抒情法，首先，必须对所写的景物有细致的观察和感受，要把景物描写得逼真传神，为抒情打好基础，做好依托。其次，要把真切的感受融入所写的景物之中，使景物具有浓厚的思想和感情，做到情景交融。最后，要把立足点放在抒情上，因为借景抒情，关键在"借"，即写景是次，抒情为主；写景是手段，抒情是目的，要为抒情而写景。

《〔越调〕凭阑人·寄征衣》

——矛盾心理的刻画

◎ **作者**

姚燧

◎ **原文**

欲寄君衣君不还，不寄君衣君又寒。寄与不寄间，妾身千万难。

◎ **译文**

想要给你寄御寒的冬衣，又怕你不再回家；不给你寄御寒的冬衣，又怕你过冬挨冻受寒。在寄与不寄之间徘徊不定，真是感到千难又万难。

◎ **写作赏析**

在我国古代，战争频繁，徭役苛重，无数游子背井离乡，饱尝分离的痛苦。在这种现实的土壤上，古代诗词中就产生了不少怨女思妇的作品。姚燧这首散曲，继承了前人作品中思妇怨女怀念征夫游子的题材，表现了相近的社会背景。

这首小令在写作构思上的主要特点，是通过对闺妇在寒冬到来时给远方征人寄军衣的矛盾心理的刻画，表现了思妇纠结的微妙心理，寄与不寄都渗透了深挚的感情。

"欲寄君衣君不还"这句写了思妇第一层感情矛盾：征夫远在边塞，久去不归，她迫切地想将亲手缝制的寒衣寄给亲人。"欲寄君衣"，正是她思念、关怀亲人感情的自然流露。但转念一想，远方的征夫得了寒衣如果不想着回家，就会增加分离的痛苦。这又是她十分忧虑的。语意一正一反，一波一折，把思妇对征人思念和关切的心理表现得很细腻。

"不寄君衣君又寒"这句则以反语倒说：既然寄了征衣，亲人不还，那就"不寄君衣"吧。这似乎可以消除"君不还"的忧虑，但她旋即想：自己的亲人又要忍受饥寒。这是自己更不忍心，更为忧虑的。这两句语意上的反复，把人物心理刻画得惟妙惟肖。

最后"寄与不寄间，妾身千万难"这两句是前两句矛盾心理的归结，又是女主人公情感的扩展，隐约表现出她时而欲寄，时而不寄，时而担心"君不还"，时而忧虑"君又寒"，每一踌躇，每一反复，都体现思念、关切和痛苦的感情。

其实远方征人的"不还"与寒衣的"寄与不寄"并没有必然联系。女主人公是基于"君不还"的现实才制作冬衣，目的是让远方的丈夫得以御寒。征人掌握不了自己的命运，无论"寄与不寄"，女主人公实际上都面临着"君不还"的冷酷结局。她明知这一点，却故意在寄衣上生出波澜，是为了表现自己长期独守空房的一种怨恨。当然这种怨恨是基于团圆的愿望，本身仍意味着对丈夫的无限深情。又恨又爱，以恨示爱，这是闺妇的特有心态，也是这支小曲情味的动人之处。

此篇属于元散曲中具有乐府风味的情歌佳作，行文短小，其妙在言有尽而意无穷，以极简练的文字，为读者体会人物心理提供了广阔的空间。全曲二十四字中，"寄""君""衣""不"四字占了一半以上，用字寥寥却包含着丰富曲折的情节和意象，这也是此篇的不可及之处。

◎ 写作技巧

通过对人物心理的描写，能够直接深入人物心灵，揭示人物的内心世界，表现人物丰富而复杂的思想感情，也可以让文章更生动、有新意，并且能写出自己的看法和感受，让文章更充实。常用的心理描写手法有以下几种：

1. 直接描写式。这是最为常见且运用最广泛的一种人物心理描写法，有的句子中含有"想"等关键字眼作为明显的标志。"想"字或出现在心理活动之前，或出现在心理活动之后。"想"字后有的用逗号，有的用冒号等做标示。

例如："推开房间，看看照出人影的地板，又站住犹豫：'脱不脱鞋？'一转念，忿忿想道：'出了五块钱呢！'再也不怕弄脏，大摇大摆走了进去，往弹簧太师椅上一坐：'管它，坐瘪了不关我事，出了五元钱呢。'"（高晓声《陈奂生上城》）

以上的心理描写就属于直接描写式，它非常恰当地将陈奂生患得患失、狭隘自私的小农经济的心理描写了出来。

例如："阿Q在形式上打败了，被人揪住黄辫子，在壁上碰了四五个响头，闲人这才心满意足的得胜的走了，阿Q站了一刻，心里想，'我总算被儿子打了，现在的世界真不像样……'于是心满意足的得胜的走了。"（鲁迅《阿Q正传》）

以上的心理描写虽然简洁，却很好地揭示了人物的性格特征，将阿

Q的精神胜利法灵活展现出来。

2. 抒情独白式。这种刻画人物心理的方法，是用抒情的笔法展示人物的内心矛盾和思想斗争。

例如："我一边跑一边想：看样子是难以逃脱了，扔了米跑吧，山上急等着用粮食，舍不得丢，——而且就是扔了也不一定能逃得脱；不扔吧，叫敌人追上了也是人粮两空。怎么办呢？……这时，洪七还紧跟着我，呼哧呼哧直喘气呢。我听着他的喘气声，蓦地想出了一个法子。可是当我这样想着的时候，我自己不由得浑身都颤颤起来：儿子，多好的儿子……这叫我怎么跟他妈交代呢。……可是，不这样又不行，孩子要紧，革命的事业更要紧！也许我能替了孩子，可孩子替不了我呀！……"（王愿坚《粮食的故事》）

以上文段中，心理描写非常成功。作者用抒情的笔法，写"我"与儿子洪七给山上的红军送粮，在途中遇到了敌人。在万分危急的情况下，是牺牲儿子保护粮食，还是保护儿子？"我"的内心斗争非常激烈，心情极度矛盾、复杂。最后，"我"毅然牺牲了儿子，"我"的崇高品质得到了最好的表现。

3. 梦境描绘式。这是一些学生容易忽略的心理描写法。梦境是人所想的集中表现，它同样能揭示人物的性格特征，深化文章的主题等。梦境描绘的文字一般较多，下面选一段进行说明。

"这里宝玉昏昏默默，只见蒋玉菡走了进来，诉说忠顺府拿他之事；又见金钏儿进来哭说为他投井之情。宝玉半梦半醒，都不在意。忽又觉有人推他，恍恍惚惚听得有人悲切之声。宝玉从梦中惊醒，睁眼一看，不是别人，却是林黛玉。"（曹雪芹《宝玉挨打》）

作者生动地描写了贾宝玉的梦境。它既揭示出宝玉关心体贴少女，思想叛逆，具有民主思想的性格特征，又反映出当时社会中，处于下层地位的人任人宰割的不合理的黑暗现实。

4. 心理分析式。这种心理描写的方法在西方的一些小说中很常见，即通过剖析人物的心理来展现人物的内心世界，让读者对人物的所思所想更加明了。

例如，莫泊桑在小说《项链》中就运用了心理分析式。他用"她一向就想望着得人欢心，被人艳羡，具有诱惑力而被人追求"，表现玛蒂尔德希望摆脱寒酸、暗淡、平庸的生活，置身于上流社会，成为生活优裕、受人奉承的高贵夫人的梦想；通过"她陶醉于自己的美貌胜过一切女宾"，表现她认为自己颇有姿色，具有跳出平庸家庭，爬进上流社会的资本的自信心。

5. 神态显示式。这种描写法是通过写人物的神情来显示人物内心的感情。

例如，我们常用"他瞥了一眼"或"他撇了撇嘴"等，来表现对人的轻视。又如，鲁迅先生在《故乡》中对闰土神情的描写，在《祝福》中对祥林嫂神态的描写等，都很恰当地表现了人物的内心感受，揭示人物的情感，值得读者品味。

6. 行动表现式，即在小说、戏剧、记叙文中恰当地描写人物富有鲜明个性的动作，传神地揭示出人物的心理活动。

例如，鲁迅先生在《孔乙己》中对孔乙己"排出九文大钱"的动作描写，反映了孔乙己得意、炫耀的心理；施耐庵在《林教头风雪山神庙》中对林冲听说陆谦追杀至沧州，不觉大怒，于是用了"买""带""寻"等几个连续的动词，表现出林冲报仇急切的激愤心理。

7. 环境衬托式。在小说、戏剧、散文和记叙文中，环境描写是不可缺少的。恰当的环境描写既对刻画人物、反映主题起到很好的作用，又能增添文章的美感。同时，还能衬托出人物的心理。

例如，鲁迅在《社戏》中写小伙伴们划船去听戏路途中的景物描写；孙犁在《荷花淀》中对妇女们划船找丈夫时的景物描写和遇到敌人时的景物描写等，都恰当地衬托出了人物的心情。

衬托人物心情的景物描写要求作者抓住景物特征，紧扣人物的心理，最好从视觉、嗅觉、触觉、听觉等方面着墨，将人物的悲喜之情恰当地衬托出来。

值得强调的是，直接描写人物的心理活动，一定要切合人物的年龄、身份和性格特征。心理描写的文段不宜过长，否则会使文章沉闷，不利于塑造人物形象。

8. 幻觉展现式。这种人物心理的描写，是通过对人物幻觉的展示，来刻画人物的心理，揭示文章的主题。

例如："她的一双小手几乎冻僵了。啊，哪怕一根小小的火柴，也会对她有好处的！她敢从成把的火柴里抽出一根，在墙上擦燃了，暖和暖和手吗？她抽出了一根火柴。哧！燃起来了，冒出火焰来了！她把小手拢在火焰上。多么温暖多么明亮的火焰啊，简直像一支小小的蜡烛。这是一道奇异的火光！女孩觉得自己好像坐在一个装着闪亮的铜脚铜捏手的大火炉前面。火炉里的火烧得旺旺的，暖烘烘的，她觉得多么舒服啊！但是——怎么回事呢？——她刚把脚伸出去，想把脚也暖和一下，火柴灭了，火炉不见了。她只拿着一根烧过了的火柴，坐在那儿。

"她又擦了一根。火柴燃起来了，发出亮光来了。亮光落在墙上，那儿就变得像薄纱那么透明，她可以从那儿一直看到屋里：桌上铺着雪白的台布，摆着精致的盘碗，填满了苹果和葡萄干的烤鹅正冒着热气。更妙的是，这只鹅从盘子里跳下来，背上插着刀和叉，摇摇摆摆地在地板上走着，一直向这个可怜的小女孩走来——这时候，火柴又灭了，面前没有别的，只有一堵又厚又冷的墙。"（安徒生《卖火柴的小女孩》）

以上的幻觉描写，生动地刻画出小女孩天真、单纯和对温饱渴求的心理。同时，又深刻地揭露了资本主义社会的黑暗。

《〔中吕〕山坡羊·燕子》

——移情手法的运用

◎ 作者

赵善庆

◎ 原文

来时春社，去时秋社，年年来去搬寒热。语喃喃，忙劫劫，春风堂上寻王谢，巷陌乌衣夕照斜。兴，多见些；亡，都尽说。

◎ 译文

春社时飞来，秋社时归去，年年岁岁来来往往把寒热衔来搬去。喃喃鸣叫，忙碌飞奔，春风中堂上翻飞寻找王谢时的繁华旧迹，却只见笼罩在夕照斜阳中的寻常巷陌。兴，见证了许多；亡，也尽由着评说。

◎ 写作赏析

在此曲中，作者托情于燕，抒历史兴亡之叹。燕子有飞迁的习性，秋天飞往南方，春暖花开时再返回北方。作者用燕子的来去比喻时间的流逝，又赋予燕子人物视角。

接着写燕子喃喃细语，忙碌争飞，似乎在寻找王谢繁华旧迹，诉说人间兴亡之事，实际上是移情于燕子，将燕子的本能活动赋予人的主观意识。在只有"巷陌乌衣夕照斜"的无奈失望中，作者更是借燕子的口吻直接诉说历史兴亡的慨叹。全曲紧扣咏燕来怀古，不拘泥、重复，立意新颖，尤其是移情手法的运用，使此曲更具婉转、曲折之妙。

"兴，多见些；亡，都尽说。"是一个对偶句，依旧借助燕子的视角慨叹历史，文学上将这种手法称作移情，即将人的主观感受转移到某样事物上，使人物合一，强化情感的表达。不管历史如何变迁，兴亡往事最终都付与评说，人世喧嚣也都归于"喃喃"之语。该曲的结尾更有一种淡世事的超然之感。

◎ **写作技巧**

为了突出某种强烈的感情，作者有意识地赋予客观事物一些与自己的感情相一致，但实际上并不存在的特性，这样的修辞手法叫作移情。

运用移情修辞手法，首先将主观的感情转移到事物上，反过来又用事物衬托主观情绪，使人与物融为一体，更好地表达人的强烈感情，发挥修辞效果。

例如：

（1）"露从今夜白，月是故乡明。"（杜甫《月夜忆舍弟》）

（2）"感时花溅泪，恨别鸟惊心。"（杜甫《春望》）

（3）"清渭无情极，愁时独向东。"（杜甫《秦州杂诗》）

（4）"行宫见月伤心色，夜雨闻铃肠断声。"（白居易《长恨歌》）

（5）"转朱阁，低绮户，照无眠。不应有恨，何事长向别时圆？"（苏轼《水调歌头》）

（6）"红豆不堪看，满眼相思泪。"（牛希济《生查子》）

例（1）两句诗的意思是：露从今夜起才特别惨白，月是故乡的才格外明亮。为什么是这样的呢？因为诗人杜甫亲历了安史之乱的大动荡，在国家前途、个人命运不断遭到打击的情况下，不得不于公元759年秋天弃官到秦州（今甘肃天水）客居。在这凄冷荒芜的边塞小城里，诗人将思念故乡的感情移到露色和月光上，反过来又用被感染了的露色和月光衬托诗人思念故乡的情绪，使人事一体，从而更好地表达了诗人强烈思乡的感情。

例（2）中两句诗的意思是：感叹国家遭逢丧乱，花朵流下悲伤的泪；痛恨一家的流离分散，鸟儿叫唤惊动忧愁的心。花开鸟叫是自然界的正常现象，是没有人的情感的，诗人运用移情修辞手法，才写出如此感人的诗句。

例（3）说渭河水只有在人愁的时候才"独向东"。

例（4）说月亮发出的是一种叫人看了"伤心"的光，铃子摇响的是一种叫人听了"断肠"的声。

例（5）说月亮常常在人们离别时变圆。

例（6）说红豆不是红豆，而是一颗颗"相思泪"。以上各例都是运用移情修辞手法，将人的感情移到事物上。这样将人情和事物融为一体，更好地表达人的强烈感情。

移情和拟人的区别是：前者是"移人情于事物"，后者是"将物当作人来写"。

《〔大石调〕蓦山溪·闺情》

——曲折多致的情节

◎ **作者**

王和卿

◎ **原文**

冬天易晚，又早黄昏后。修竹小阑干，空倚遍寒生翠袖。萧郎宝马，何处也恁狂游？

〔幺篇〕人已静，夜将阑，不承望今番又。大抵为人图甚么，况彼各青春年幼。似恁的厮禁持，寻思来白了人头。

〔女冠子〕过一期，胜九秋，强拈针线，把一扇鞋儿绣。蓦听的马嘶人语，不甫能盼的他来到，他却又早醺醺的带酒。

〔好观音〕枉了教人深闺候，疏狂性惯纵的来自由。不承望今番做的漏斗，衣纽儿尚然不曾扣。等的他酒醒时，将他来明透。

〔雁过南楼煞〕问着时节只办的摆手，骂着时节永不开口。我将你耳朵儿揪，你可也共谁人两个欢偶？我将你锦片也似前程，花朵儿身躯，遥望着梅梢上月牙儿咒！

◎ **译文**

冬天里白日短暂，很早便暮色昏黄。我倚着竹丛边的栏杆一次次候望，衣袖已经冰凉。郎君骑着骏马，究竟在何处逛荡？

人声渐歇，夜色转深，想不到今晚又是失望。想来这辈子求些什么，还不是因为你我正当芳年，莫负了好时光。像这样受钳制无法欢娱，怎不叫人愁苦难当。

挨一个晚上比九年还长，姑且拿出针线绣鞋，来排遣凄凉。猛然听见马儿的嘶鸣和他的声响。好容易盼见他回来，却是一副烂醉如泥的模样。

哎！白白让人家在闺房里等得心凉，他那浪荡子的性情却一点不改素常。这没出息的在外头混账还露了马脚，内衣的纽扣不曾扣上。好吧，等他酒醒，定然细细盘问一场。

问着的时候他一味地摇手赖账，骂他的时候他就是一声不吭。饶不了他，我扭住他的耳朵不放，你有没有同别人搭上？对着这梅树梢间的月儿赌咒，把你爱惜将来的盟誓再给我讲一讲！

◎ 写作赏析

这首套曲以写景开始，既交代了女主人公冬夜等候丈夫回家的背景，又借杜甫"天寒翠袖薄，日暮倚修竹"（《佳人》）的意境暗示了她的"佳人"形象，接着让她吐出幽怨和心声，使读者对她在下文又恨又爱的表现有了充分的理解。

〔幺篇〕中"承望今番又"语淡意深。一个"又"字回应首曲"又早黄昏后"的"又"，显示出男子"狂游"晚归已是屡见不鲜。但女子的态度依然是不信，足见她的一往情深。不信并非不承认现实，而是因为女子有着执念："大抵为人图甚么，况彼各青春年幼。"女子对丈夫别无所图，唯一的希冀就是永远拥有着青春的美好心愿。唐玄宗李隆基《好时光》："莫倚倾国貌，嫁取个有情郎。彼此当年少，莫负好时光。"代表了古人对少年夫妻及时行乐的祝福和理解。曲中女子也是抱着这样的信念，她才会一边等待，一边怨恨。这种自白只有在曲中才能毫不费力地直诉无余，在诗词等韵体中是不易达到此效果的。

以下的情节曲折多致且富于真实生活。在经过度日如年的等待之后，丈夫终于回到了家，却露出了蛛丝马迹。妻子追问，忍不住从嗔骂到动手扭住耳朵，然而最后要求丈夫的仅是把月下盟誓再复述一遍。她

从元曲中汲取写作智慧

不愿相信丈夫在外拈花惹草的事实，心中还忘不了当初的恋情，这就再度显示出她的善良和痴情。全篇以女子的口吻娓娓诉出，融写景、叙事、抒情于一体，注重情节的戏剧性，无疑同接受民间说唱文学的影响有关。而散曲套数在逼肖声气、描摹心情、表现生活内容等方面，确实于韵体中占有特别的优势。

◎ 写作技巧

叙事性文艺作品中以人物为中心的事件演变过程，由一组以上能显示人与人、人与环境的关系的具体事件和矛盾冲突构成。它一般包括开端、发展、高潮、结局等部分，有的还有序幕和尾声。按照因果逻辑组织起来的一系列事件情节，可以体现出人物行为之间的冲突。情节是叙事性文学作品内容构成的要素之一，它是指叙事作品中表现人物之间相互关系的一系列生活事件的发展过程。它是由一系列展示人物性格、表现人物与人物、人物与环境之间关系的具体事件构成。高尔基说，情节"即人物之间的联系、矛盾、同情、反感和一般的相互关系，——某种性格、典型的成长和构成的历史"。因此，情节的构成离不开事件、人物和场景。

文学作品的情节安排不是固定不变的。有的作品中，情节各个组成部分并不一定都很齐全，有的作品为了表现主题，刻画人物，或为了加强艺术感染力，还有意把情节倒置，这在文学创作中是常见的。

情节是一个动态的概念，情节要素之间的逻辑组合决定了其发展方向，人物性格与环境、他人、自我的冲突构成了情节的基本要素，一系列造型语言构成了情节组合的相关要素，它们增加了情节的艺术表现力和感染力，传达出更多的情感需求和信息含量。

从狭义上讲，情节不能等同于故事。情节通常被看成是连贯故事的要素，情节之间的组合体现了一种因果关系、时空关系和情感关系。

英国作家E.M.福斯特在《小说面面观》中这样认为："我们曾给故事下过这样的定义：它是按照时间顺序来叙述事件的。情节同样要叙述事件，只不过特别强调因果关系罢了。如'国王死了，后来王后也死了'便是故事；而'国王死了，不久王后因伤心而死'则是情节。"

《〔越调〕小桃红（玉箫声断凤凰楼）》
——构思是写作的关键

◎ **作者**

杨果

◎ **原文**

玉箫声断凤凰楼，憔悴人别后。留得啼痕满罗袖。去来休，楼前风景浑依旧。当初只恨，无情烟柳，不解系行舟。

◎ **译文**

在她居住的小楼上，再也听不到玉箫吹响。自从与心上人分手后，她已憔悴得不成模样，衣袖上留下了千行泪痕。她在楼上走来走去，楼外依然是旧时的风光。那如烟如织的柳树，最惹起她的怨伤。只恨当初它们太冷漠无情，不懂得把他的坐船牢牢系住，让他不能启程。

◎ **写作赏析**

前三句既以"玉箫声断"比喻与恋人的分别，也以凤凰双栖、弄玉萧史的美满婚姻反衬自己的孤独。首句"玉箫声断凤凰楼"，可看作写实，但联系其中暗含的典故，更能体味作者用此句作为开篇的深意。"玉箫声断"这一典故，隐含着"人去楼空"的惆怅。曲中的女主人公并未如弄玉一般，与丈夫一起随凤凰仙去，从"憔悴人别后"一句即可看出，"玉箫声"其实是指代女子的心上人。"留得"紧接"别后"二字，文字上衔接得很细密，情感上则造成一种回环和转折。人既已离去，留下来的只是女子的空守、苦盼以及"啼痕满罗袖"。作者没有直接写女子如何想念，而是通过袖上泪痕的细节，将她的黯然神伤以及难以自制的思念和孤独表现出来。

最后几句女子又迁恨于烟柳无情，不知当初留系行舟，不让其离去，更道出了女子的无奈痴情。"去来休，楼前风景浑依旧"，这两句以人的"去来"与风景的"依旧"进行对比，深化"离别"的主题。风景不解人心，不管人间如何生离死别，它都只是一如既往地存在着，所以才使古往今来许多人发出"物是人非"的沉重慨叹。这首曲子中的女主人公也不例外。楼前浑然不变的景色，使她一次又一次地忆起离别之前和离别之时的情形，不断重温着伤心往事。女子记起心上人当初离开时，江岸边的"无情烟柳"兀自苍翠，却不懂得伸出青青枝条，留住远行人的脚步。一个"恨"字，点出女主人公的怨情和无奈。她不说恨自己留不住情人，只将这种悔恨托付于"烟柳"。这一方面是因为青翠如初的烟柳引起了她的离愁；另一方面，将人的心思投射于"无情"之物，也是古典诗词中常用的手法。短短数句，却写得景物凄迷，深致有情。

此曲构思独特，角度新颖，把一个"情"字表现得极为丰富、深刻。旧地重游、物是人非，最令人伤感，作者把当前的景与以前的情巧妙地联结在一起，以追忆的方式抒发对恋人的深情。

◎ 写作技巧

写作是需要灵感的，但只有灵感还远远不够。如何把灵感变成文章，需要一个过程，而其中最为关键的第一步，就是构思。

灵感通常只是一个想法，可能是一个观点，可能是一件事，也可能是一个念头。要想把这个想法写出来，让大家理解和接受，就需要一个构思的过程。

构思也叫打腹稿，谋篇布局，是文章起草之前的思维活动，也是写作的第一个步骤。

构思的过程是一个建立文章逻辑关系的过程，也是搭建文章框架，列出文章提纲的过程。

一篇文章的好坏，结构是关键。就像一棵树，结构就是枝干，枝干的高低决定着树的高低，枝干的走向决定着树的走向，枝干的疏密决定着树的大小，枝干的粗线决定着树最终的成形。

一篇好文章的构思过程，决定文章最终是否结构清晰、关系合理，是否有逻辑性。

构思的过程包括确定写作主题—确立中心思想—明确写作文体—选取材料—安排结构—列出提纲等过程，其结果就是列出文章的提纲，为下一步写文章明确思路和方向。

1. 确定写作主题。写作主题可能来自灵感，比如自己的突发奇想，或者是看到一件事的感触，或者是见到某个人的感受和感觉；也可能来自某个已有命题，比如参加一个征文比赛。

写作主题必须是明确的，否则文章就会很散，中心不明确，让读者不知道你到底想要表达什么。

2. 确立中心思想。有了写作主题，就需要确立文章的中心思想。中心思想是文章的灵魂，也是写作成败的关键所在。

中心思想要正确、健康、积极向上，让读者能够受到启发，受到感染，或吸取某种经验教训，或给人以精神上的鼓舞。

中心思想要明确，能正确表明你的态度，赞成什么，反对什么，倡导什么，禁止什么，不能模棱两可，不能态度暧昧。文章必须有一个明确的态度。

中心思想要集中，一篇文章告诉读者一件事即可，不能贪多求全，"眉毛胡子一把抓"。

3. 明确写作文体。写文章一定要明确写作的文体，是写小说、诗歌，还是散文，说明文，抑或是议论文，必须明确。不同的文体有不同的写作方法，如果文体不明确，就无法继续写作。

4. 选取材料。有句话叫"巧妇难为无米之炊"，这里的米就是做饭的材料。修建房子需要选择建筑材料，做漂亮的服饰需要选择布料，同样，写文章也需要有合适的材料。

关于选取材料，要做到以下几点：

第一，材料要真实，要从实际生活出发，选取自己最熟悉，感受最深，最能反映事物本质特征的材料，只有真实的材料，才能被读者接受和认可。

第二，材料要新颖。新颖就是别致，不落俗套。新颖不是追求稀奇古怪的事情，也不是追求曲折离奇的情节，而是要选取那些有特色，能让人耳目一新，给人带来全新感受的材料。

第三，材料要典型。典型就是能反映事物的本质，最能打动人心，最能表现中心思想。力争做到少而精，以一当十。

第四，材料要具体。要让事实说话，用真实说服人，打动人。如果一篇文章只有空洞的说教，缺少具体的事例，只是空发议论，就像一个人只有骨架而没有血肉一样，是不可能打动人心的。

5. 安排结构。文章的结构是文章的骨架。这个骨架如何来排列，决定着文章的品质。

文章的结构表现为一定的逻辑关系。一般来说，文章的结构包括以下几种。

第一是按时间顺序来写。比如早上、中午、下午、晚上。

第二是按事情发展的顺序来写，包括事情的开始、经过和结果。

第三是按照人物活动过程来写，先做什么，再做什么，最后做什么。

第四是按并列关系来写，表示一个事情的几个方面。

其中前三类按纵向关系展开，各部分有其先后的逻辑顺序。

第四类按横向关系展开，各部分之间属于并列的逻辑关系，每一部分前后顺序可以调整。

6. 列出提纲。提纲是文章结构的真实体现。一般来说，提纲有标题式提纲和要点式提纲。

标题式提纲比较简单，就是用简洁的文字标出了各段的写作要点，其特点是文字简洁，列起来速度快。

要点式提纲比较详细，它既表明了文章的中心，又要写出文章的大致内容，同时还要交代文章的详略。

我们就是要通过构思，实现谋篇布局，形成文章的基本骨架，为后续文章内容的补充完善创造条件。

通过精巧构思，使文章富于变化，出乎意料，但又合乎情理，我们才能写出好文章。

《〔双调〕得胜令·四月一日喜雨》

——自然真切地抒发感情

◎ **作者**

张养浩

◎ **原文**

万象欲焦枯，一雨足沾濡。天地回生意，风云起壮图。农夫，舞破蓑衣绿；和余，欢喜的无是处。

◎ **译文**

世间万物都好像快要干枯，而一场大雨就足以让万物润泽。霎时间，天地顿时充满生机，风起云涌，波澜壮阔，构成美丽图卷。农夫欢快得手舞足蹈，哪怕把身上的蓑衣舞破了也在所不惜，而我也欢喜得不得了。

◎ **写作赏析**

此曲描写久旱逢雨，天地间充满生机，农民和作者都极为喜悦的心情，反映出作者对农民疾苦的关心和同情。全曲紧紧围绕着"喜雨"二字，充分表现了作者的忧民爱民之心、与民同乐之情。该曲语言通俗易懂，朴实无华，一气呵就，浑然天成。

"万象欲焦枯，一雨足沾濡。天地回生意，风云起壮图。"四句概述久旱遇雨的情形。

久旱不雨，遍野的庄稼树木花草都快要枯死了，正在这时下了一场大雨，万物得到了滋润。这是老天爷起死回生救护万物生灵的心意，这场好雨使万物复苏，遍地的庄稼生机勃勃，茁壮生长。

开头两句中的"欲""足"二字用得好。一个"欲"字，准确地表现了连年不雨的大旱景象，写出了满山遍野的庄稼草木都半死不活，快要枯死的样子。"欲枯焦"并不是俱枯焦，已枯焦，而是眼看就要枯焦了，所以大雨之后，才能马上复苏。

一个"足"字，又充分表现了这场大雨下得大，下得好，足够用了，救活了眼看要被旱死的庄稼，解除了旱象，大雨之后，遍野的庄稼又昂起头，挺起胸，像憋足了劲一样，猛长起来，从中透露出作者压抑不住的喜悦之情。

"农夫，舞破蓑衣绿；和余，欢喜的无是处。"四句写作者与民同乐。

雨还没有停止，农夫们就高兴地披上蓑衣，高歌狂舞起来，欢跳的蓑衣被扯破了，也不去管它，一直在雨中跳个没完，他们太高兴了。这里的"破"字，乍一看实在不美，不过仔细琢磨，就会发现用得很准确、很好，因为此时的农夫是在高兴地狂舞，他们只顾高兴，把其他事情全忘了，所以把蓑衣扯破也不知道。这次关中大旱连续数年，灾情十分严重，甚至"饥民相食"，老百姓简直是活不下去了。这场大雨是在这种情况下突然而降的，这是救命雨，所以人们高兴得发狂。

这里的一个"破"字，把此时此刻农民们那种高兴到了发狂程度的情形准确地展现出来，把在雨中舞蹈的农民们的狂欢之情生动表现出来。这就使人觉得，这里非用个"破"字不可，不能更易。这又与结句紧紧相连，因为农民们为此狂欢，所以作者也"欢喜的无是处"。他和灾民们一样高兴，高兴得不知道怎么好了。

作者在他生命最后的四个月里，为了治旱救灾，住宿公署，家都不回，白天东奔西跑，夜晚忧思难寐，把头发都愁白了。现在天降大雨，庄稼死而复生，农民们个个欣喜若狂，所以他"欢喜的无是处"。这表现了作者对农民的深挚感情。他真是急民之急，与民同急；乐民之乐，

从元曲中汲取写作智慧

与民同乐。在两千多年的封建社会里，关心百姓疾苦者非常少。像这样的作品，也是很少见的。

这首曲使读者感到情真意切，好像是在倾听作者的自述经历。最后两句，"和余，欢喜的无是处"，简直可以看见作者的纯真无邪的赤子之心。

◎ **写作技巧**

"文章不是无情物"，写作中，通过种种表达方式，对所写的人物、事件、景物等抒发爱憎好恶的感情，就是抒情。

人有喜悦、愤怒、悲哀、惊惧、爱慕、憎恶等感情。生离死别之时，有人紧紧拥抱，有人强忍泪水，有人号啕大哭，有人细声说关怀的话。一个人怎么表达感情，跟他的性格与气质有很大的关系，但只要是真挚而自然的感情，就能够打动读者的心。把这些感情用文字表达出来，便是抒情的文章。巴金说："我们写作，只是因为我们有话要说，有感情要倾吐，我们用文字表达我们的喜怒哀乐。"在记叙文中，适当的抒情能使文章中所写的人、事、物、景的形象更加突出，意义更加深刻，从而激发读者的情思，引起读者的共鸣，有效地增强文章的感染力和吸引力。

抒情首先要自然真切。"世上最是情难抒"，我们必须说出心里想说的话，真实地抒发内心的情感，杜绝空洞抒情，不能故作多情，不能为文造情，不矫情，不浮夸，要让感情在文中自然地流露出来，才能给人一种震撼力和亲和力。辛弃疾有过这么一句词："为赋新词强说愁。"一个人本没有愁或并不真正懂得愁，但是为了写出一首好词，却一再渲染自己如何发愁，这就是无病呻吟，是写作大忌。真实的情感是作文的生命，它展现并讴歌生活中的真善美，揭露并鞭挞了生活中的假丑恶。作文唯有情真意切，才能打动读者。庄子说："不精不诚，不能动人。故强哭者，虽悲不哀；强怒者，虽严不威……""情到深处文自工"，只有真情打造，文章才会闪现出诱人的光彩。

抒情的前提是感情要健康真挚，只有健康的感情才能感动人。如果抒发的是低级趣味、不思上进或颓废庸俗的感情，即使文章中运用很多优美词汇，也不能引起读者共鸣，反而会使人反感。

值得注意的是，只有真实的材料才能流露出真实的感情，有事才有情，真实的材料是抒情的基础，要善于从切身体验中寻找打动自己的东西，这个动情点可以是瞬间的现象、感人的语言、一个动作、一个眼神等等。精心打好抒情的基础，才能水到渠成，引发情感的喷薄。

优秀的抒情文章往往善于创造意境，就是把深刻的思想、健康的情怀，通过具体生动的画面表现出来，做到内情与外物相融合，深意和境界相交织，从而深深地打动读者、感染读者，唤起读者丰富的联想。创造意境，一定要饱含深情。我们要运用具体细致的描写，使读者读起来如临其境，如见其人，如闻其声，读者情感涌动，就容易引发共鸣。

抒情要张弛有度，一切全凭主题需要，取决于情感发生发展的具体情况。直抒所感，有猛烈爆发式的，排山倒海般把内蕴的情感表达出来，形成一种强大的力量，使人感动；有逐渐递进式的，敛抑凝集，只写出平常生活的一部分，这一部分摄取了情感的精魂，对读者形成暗示，随着发展蓄积，逐渐地推动情感发展；有感悟转变式的，在反思悟理的基础上形成情感的喷薄。表达哀情可以痛哭流涕、痛心疾首，可以惋惜默叹。表达愉悦之情，可以欢呼狂叫、手舞足蹈，也可以会心一笑，留点回味。同时，也可以在写人、叙事、写景、议论中融入自己的感情。不同情况有不同的叙事及抒情的形式、结构。

抒情当然离不开精当且具有强烈感染力的语言。用词精练、准

从元曲中汲取写作智慧

确才能准确地表情达意。同时，有意识地运用比喻、拟人、排比、反复、夸张、设问、反问等修辞手法，使文章更加生动形象，更好地抒发强烈的感情。

另外，情感一般处在一种粗糙的随意混乱的自然状态中，只有通过形象化或意象化的途径，才能成为一种清晰灵动而又丰富的存在。要将情感化为意象，描绘一处景、一物体、一件事，由于这些意象与某种特定的情感具有相似的动态结构，从而使人感受到诗意化的情感。

在文章中抒情注意以上几个要点，相信我们会将所写的人、事、物、景的形象更加突出，意义更加深刻，从而激发读者的情思，引起读者的共鸣，有效地增强文章的感染力和吸引力。

第六章

意境深远，学景物描写

《〔中吕〕普天乐（翠荷残）》

——景物描写的方法

◎ **作者**

滕宾

◎ **原文**

翠荷残，苍梧坠。千山应瘦，万木皆稀。蜗角名，蝇头利，输与渊明陶陶醉。尽黄菊围绕东篱，良田数顷，黄牛一只，归去来兮。

◎ **译文**

翠荷凋残，苍梧叶落。山也憔悴消瘦，树林稀疏枯残。俗世的虚名小利皆是过眼云烟。在识时知机，进退行藏的认识上，自己怎能与陶渊明相较。一想到归隐后满目黄菊绕东篱，自耕良田数顷，黄牛一只，就无比向往啊！

◎ **写作赏析**

此为滕宾"普天乐"小令十一首的第三首，作者通过对秋景的描绘和对官场名利的批判，表现了归隐田园的志趣。此曲在构思上也颇巧妙。作者仍从写景入手，"翠荷"四句，写秋景。前两句是写眼前景，翠荷凋残，苍梧坠叶；后两句，一个"应"字耐人玩味，仿佛山若有情，山亦当憔悴消瘦。无情之物亦人格化，此用移情入景之法。

这四句写景，由近及远，由真切具体而至博大苍莽，层次分明。作者连用"残""坠""瘦""稀"四字，写出了百卉俱腓、草木摇落的萧瑟秋景，再加以"千山""万木"，极状空间范围之大，于是疏木衰林、万物悲秋的肃杀之气，塞空而下，读之不减老杜"玉露凋伤枫树林，巫山巫峡气萧森""无边落森萧萧下"的气概。其实，春华秋实，秋本无所悲，即如宋代杨万里所说："秋气堪悲未必然。"但因作者有感于岁月迟暮，如草木凋零，故觉秋景惨然多凄。回首人生旅途，大半生已过，却仍然碌碌风尘，为名缰利锁所羁，故紧拉着由景物转入人事，写出了"蜗角""蝇头"等四句。"蜗角"典出《庄子·则阳》，意蜗牛左角上有触氏国，右角上有蛮氏国，"时相与争地而战，伏尸百万"。苏轼《满庭芳》词又有"蜗角虚名，蝇头微利"。这里用以表现作者对名利的鄙视。然而作者身羁官声，归隐之志未遂，在识时知机，进退行藏的认识上，应该承认自己是输与陶渊明了。一个"输"字，表现了作者对隐士陶渊明的倾慕和对自己未能及早归隐田园的悔恨，大有"觉今是而昨非"之意。

"黄菊围绕""良田数顷，黄牛一只"是作者预想归后田园生活的蓝图，一想到躬耕田亩，远离风波的自由自在，便欣然神往，故煞句以"归去来兮"表示其浩然归志。

此曲以景起兴，以情作结，皆统一于落叶归根这一主旨上，中间虚实交错，景与情，古与今，人与我，眼前与未来，时空腾挪跌宕，有对比、有反思、有展望。曲辞曲折而横放，语调苍凉而愤激。

◎ 写作技巧

写作文时景物描写是非常重要的，主要方法有下面几种：

1. 选好观察点。写景物就是把观察到的东西按一定的顺序有重点地描述出来，观察点不同，看到的情况便不一样，因此选好观察点很重要。《长城》一文中的长城观察点就不同："远看长城，它像一条长龙，在崇山峻岭之间蜿蜒盘旋。"这是远看长城。"这一段长城修筑在八达岭上，高大坚固，是用巨大的条石和城砖筑成的。"这是在长城脚下看长城。"城墙顶上铺着方砖，十分平整，像很宽的马路，五六匹马可以并行。城墙外沿有两米多高的成排的垛子，垛子上有方形的瞭望口和射口，供瞭望和射击用。"这是站在长城上看到的。

2. 按一定的顺序写。按一定的顺序写景，才能条理清晰。写景物的顺序如下。按方位，可自上而下或自下而上；可自左而右或自右而左；可先四周后中间或先中间后四周。按景物的远近写，可由近及远，也可以由远及近。按整体和局部的关系，可以先写全景再描写局部，也可以先描写局部再写全景。例如《内蒙风光》一文就采用这种方法，先概括地写林海的全景："多少条岭啊！在疾驰的火车上看了几个钟头，既看不完，也看不厌。每条岭都是那么温柔，虽然下自山脚，上至岭顶，长满了珍贵的林木，谁也不孤峰突起，盛气凌人。目之所及，哪里都是绿的。的确是林海。群岭起伏是林海的波浪。"接着再以落叶松为重点写树，以小树间的野花为重点写出林海的美丽。

3. 按一定的范围写。写景物时，视野范围可大可小，不一定全写，要确定范围后再写。例如《长城》一文，就没有写长城的背景——群山、溪流、天空、云霞等，只写了长城。再例如写街道，是写眼前的一段呢，还是写整条街呢？把景物描写的范围确定下来之后，写出的景物才有重点。

4. 要抓住特点，有重点地写。写景物，特别是写一个地方，可以写的东西很多，不能像列清单似的都写出来，要抓住特点，有重点地写。例如《桂林山水》就是这样，重点写了桂林的山和水。水的特点，如静、清、绿。"漓江的水真静啊，静得让你感觉不到它在流动；漓江的水真清啊，清得可以看见江底的沙石；漓江的水真绿啊，绿得仿佛那是一块无瑕的翡翠。"山的特点，如奇、秀、险。"桂林的山真奇啊，一座座拔地而起，各不相连，像老人，像巨象，像骆驼，奇峰罗列，形态万千；桂林的山真秀啊，像翠绿的屏障，像新生的竹笋，色彩明丽，倒映水中；桂林的山真险啊，危峰兀立，怪石嶙峋，好像一不小心就会栽倒下来。”

5. 要根据时间的变化写景物的变化。随着时间的推移，景物必然发生变化，要根据时间的变化写出景物的不同状态。例如《火烧云》一文就是根据时间的变化来写火烧云的。火烧云刚上来时像着了火，世上万物都变成红的了。随着时间的推移，火烧云的颜色、形态都发生了变化，“一会儿红彤彤的，一会儿金灿灿的，一会儿半紫半黄，一会儿半灰半百合色。葡萄灰、梨黄、茄子紫，这些颜色天空都有。还有些说也说不来、见也没见过的颜色。”接着又写了天空中的火烧云像狗，像狮，像这又像那，慢慢地都消失了。

6. 根据中心思想选择景物来写。景物描写是为表达中心思想服务的，对表达中心思想有用的景物就写，对表达中心思想无用的景物就不写。例如《飞夺泸定桥》一文中有这样一段景物描写：“大渡河水流湍急，两岸都是高山峻岭，只有一座铁索桥可以通过。”“雨越下越猛，像瓢泼一样，把两岸的火把都浇灭了。”“泸定桥离水面有十多米高，是由13根铁链组成的；两边各有两根，算是桥栏；底下并排9根，铺上木板，就是桥面。人走在桥上摇摇晃晃，就像荡秋千似的。现在连木板也被敌人抽掉了，只剩下铁链。向桥下一看，真叫人心惊胆寒，红褐色的河水像瀑布一样，从上游的山峡里直泻下来，撞击在岩石上，溅起三米多高的浪花，涛声震耳欲聋。”这些描写都是为了表现红军大无畏的英雄主义。

7. 要写好景物的静态和动态。有的景物处于动态，有的景物处于静态，景物描写要表现出景物的动态和静态特点，根据写作内容可以选择以静为主的写法，也可以选择以动为主的方法，或者二者兼而有之。

8. 用比喻的方法写景物。为了把景物写得生动形象，有时常用比喻的方法来写。例如《梅雨潭》一文，就是用了比喻的方法："那瀑布从上面冲下，仿佛已被扯成大小的几绺儿；不复是一幅整齐而平滑的布。""那溅着的水花，晶莹而多芒；远远望去，像一朵朵小小的白梅，微雨似的纷纷落着。""轻风起来时，点点随风飘散，那更是杨花了。"这样描绘便把梅雨潭瀑布写"活"了，使读者身临其境。

9. 用拟人的方法写。有的文章用拟人的方法写，使景物人格化。例如《夜莺的歌声》一文中："大道两旁全是黑色的碎瓦。空旷的花园里，烧焦的树木垂头丧气地弯着腰。"就是用了拟人的方法把家园遭受侵略者炮火破坏的景象形象地写了出来。

《〔双调〕蟾宫曲·扬州汪右丞席上即事》
——写景中兼抒情

◎ 作者

卢挚

◎ 原文

江城歌吹风流，雨过平山，月满西楼。几许华年，三生醉梦，六月凉秋。按锦瑟佳人劝酒，卷朱帘齐按凉州。客去还留，云树萧萧，河汉悠悠。

◎ 译文

江城扬州充满风情的笙管笛箫声和歌声十分热烈而温柔，一阵小雨经过了宽敞的平山堂，清澈的月光笼罩西楼。已经如此一大把的年纪，如同是在三生石上陶然迷醉的梦境中，虽然是夏日的六月，却凉爽如秋。弹奏锦瑟的美人在劝酒，卷起朱帘又出来一队舞女，踩踏着《凉州》舞曲的节奏。我已经乘船离开，送别者还在殷勤挽留，只见两岸上的树影婆娑，天空中银河悠悠。

◎ 写作赏析

"江城歌吹风流，雨过平山，月满西楼。"开篇三句点明时间、地点，同时写出良宵美景。扬州在古代一直是个繁华富庶的城市。在唐代，其繁华热闹程度简直可以和首都长安相比，而夜生活则远远超过长安。"平山"兼有读书、讲学、观景之功能，因其南望江南远山正与堂栏杆相平而得名。这次欢送宴会大概就在这里举行。"月满西楼"是李清照《一剪梅》中的原话，用在此处却天衣无缝。这三句写景如画，一阵雨过后，天气转晴，雨后的天空如洗。雨水冲刷了天地间的一切尘埃，又给这里送来了清爽。这对于正在欣赏歌舞、品尝美酒佳肴的主客无疑是一种助兴，使气氛更加热烈。

"几许华年，三生醉梦，六月凉秋。"三句触景生情，转写自己的主观感受。卢挚三十七岁时曾在扬州任江东按察副使，此次再到扬州已经是二十多年之后了，自己也年过花甲，旧地重游，又见故人，感慨之多不难想象，人生如梦的感觉用"三生醉梦"来表达，更增加许多迷离之感，正逢这六月中却有凉爽初秋的感觉，心情自然起伏难平。本来就百感交集之时，送别的场景再掀高潮，"按锦瑟佳人劝酒，卷朱帘齐按凉州"，再转向当时场景，弹奏锦瑟的美人可能是唱着劝酒词，卷起朱帘又出来一队舞蹈演员跳着《凉州》舞曲。"卷朱帘"三字属于纪实笔法，可知是很大的演出厅，旁边还有一些化妆室等，所以节目按照顺序上演，而这是又一个高潮。"客去还留"则写离开时依依惜别和主人殷勤挽留的情景。"云树萧萧，河汉悠悠"是写离开后在船上所看到的景色。虽然不是"杨柳岸，晓风残月"的苍凉，却也是空旷悠远，与前面的热闹形成对比，委婉抒发别后的冷清和寂寞。

全篇景起景收，中间叙事兼抒情，意脉清晰，一波三折，篇幅中便有波澜，是一篇值得品味的佳作。

◎ **写作技巧**

景物描写就是把景物写出来，它的主要作用是：

1. 交代故事发生的时间、地点，揭示作品的时代背景。景物描写一个重要作用就是交代故事发生的时间、地点，有时也揭示作品的时代背景。如《孔乙己》中开头对鲁镇酒店格局的描写："鲁镇的酒店的格局，是和别处不同的：都是当街一个曲尺形的大柜台，柜里面预备着热水，可以随时温酒。做工的人，傍午傍晚散了工，每每花四文铜钱，买一碗酒……"交代了当时的社会背景和人文特点。

再如《一面》中第四段："门外，细雨烟似的被秋风扭着卷着，不分方向地乱飞。店里冷得像地窖一样，冷气从裤管里向上钻。"交代了故事发生的时间及当时的自然环境，也暗含了当时的社会环境。

2. 渲染气氛。景物描写有时可以渲染一种特定的氛围。例如高尔基的《母亲》中写道："严寒干燥的空气紧紧地包围住她的身体，直透到咽喉，使鼻子发痒，有一刻工夫使她不能呼吸。"既交代母亲此次行动的时节，又烘托了紧张的气氛。

3. 烘托人物心情。写景应渗透人物的感情。写景不应该是自然主义的纯客观的描绘。王国维在《人间词话》里把境界分为"无我之境"和"有我之境"。所谓"有我之境"即"物皆著我之色彩"，作者或人物的思想感情作用于周围的自然景物，在所写的景物上直接渗透作者的感情。

例如高尔基的《母亲》中"母亲满意地听她脚下的雪发出的清脆的声音"以及"每次开门的时候，就有一阵云雾似的冷空气吹到她脸上，这使她觉得很爽快，于是她把冷空气深深地吸进去"等描写，又显示母亲从事革命工作时的兴奋之情，为塑造母亲临危不惧的革命形象起到了烘托的作用。

4. 揭示人物心境，展示人物性格。人物周围的环境，包括室内外的装饰布置，能够展示一个人的身份、气质、个性等，因此作家注意用景物来展示人物性格。例如鲁迅《祝福》中对鲁四老爷书房的描写："我回到四叔的书房里时，瓦楞上已经雪白，房里也映得较光明，极分明的显出壁上挂着的朱拓的大'寿'字，陈抟老祖写的；一边的对联已经脱落，松松的卷了放在长桌上，一边的还在，道是'事理通达心气和平'。我又无聊赖的到窗下的案头去一翻，只见一堆似乎未必完全的《康熙字典》，一部《近思录集注》和一部《四书衬》。"从对联和书籍的内容可以看出，鲁四老爷是封建制度和封建礼教的卫道士，他尊崇理学和孔孟之道，他懒散、自私伪善、冷酷无情，是造成祥林嫂悲剧的一个重要人物。

5. 推动情节的发展。有时景物描写能够推动情节向前发展，例如《祝福》中对鲁四老爷家祝福的描写。祝福本身就是旧社会最富有特色的封建迷信活动，所以在祝福时封建宗法思想和反动理学观念也表现得最为强烈。在鲁四老爷不准"败坏风俗"的祥林嫂沾手的告诫下，祥林嫂失去了祝福的资格。她为了求取这点资格，用"历来积存的工钱"捐了一条赎"罪"门槛，但得到的仍是"你放着罢，祥林嫂"这样一句喝令，粉碎了她生前免于侮辱，死后免于痛苦的愿望，她一切挣扎的希望都在这一声喝令中破灭了。就这样，鲁四老爷在祝福时刻凭着封建宗法思想和封建礼教的淫威，把祥林嫂一步步逼上死亡之路。这种特定的景物描写推动了情节的发展。

6. 借景抒情，情景交融。作者描写景物，往往是为了抒发自己的感情，达到借景抒情、情景交融的目的。如朱自清的《荷塘月色》描写了一幅恬淡朦胧的荷塘月色图，实际上寄托了朱先生的情感。朱自清是一名新文学运动的战士，大革命失败后，给他心灵上投下了落寞的阴影，他既对黑暗的现实不满，又不愿投身革命，所以幻想超脱现实，因此借荷塘月色抒发这种幻想超脱现实的情感。

7. 照应标题。如《祝福》中的景物描写就起到照应标题的作用。

《〔越调〕小桃红·杂咏（绿杨堤畔蓼花洲）》
——动静结合的描写方法

◎ 作者

盍西村

◎ 原文

绿杨堤畔蓼花洲，可爱溪山秀。烟水茫茫晚凉后，捕鱼舟，冲开万顷玻璃皱。乱云不收，残霞妆就，一片洞庭秋。

◎ 译文

江堤上到处是绿杨柳，小洲上蓼花飘飞，一派可爱的秀美山溪景致。傍晚微凉，水面上烟雾笼罩，一片迷茫。只见捕鱼的轻舟凌波而出，冲开万顷的水面，漾起不绝的波纹。天空中飘着残留的云朵，天边晚霞的余晖，更点缀了洞庭秋色。

◎ 写作赏析

该曲描写了洞庭秋景，动静结合，相映成趣，向读者展示了洞庭之秋的万种风情。

首句"绿杨堤畔蓼花洲"，写到绿杨、蓼花，具有普遍性、典型性，但一写堤岸，一写洲，傍水而更得生机，绿杨与红蓼相映，美景与野趣顿现眼前。

次句"可爱溪山秀"，着重点明景色之美，且将目光从近处的堤岸移至远处，水光山色成为绿杨、蓼花的美丽背景。

"烟水茫茫晚凉后"，这时苍茫的景色使人微觉惆怅，捕鱼小舟冲破了湖水的平静。在这渐归沉寂而又涟漪微动之时，随着情绪的波动，目光从低处的水移向高处的天，只见夕阳的余晖之下，乱云未收，残霞似锦，装点洞庭秋色，一片茫然，无际无涯，与湖波相映，更加美丽、壮观。最后两句写"妆就""一片洞庭秋"的同时，也托出了作者心中的欣喜，虽未言情而情从景出。

◎ **写作技巧**

在日常生活中，经常看到一些处于静止状态的事物，如高楼大厦、塔、桥梁等，也可以看到一些本来能活动或者可以活动的，暂时处于静止状态的人和事。人和事物处于静止状态叫静态，人和事物处于活动状态叫动态。无论记叙文是写人还是写事，都要写到人和事物，这些人和事物不是静态就是动态，或者一会儿处于静态，一会儿处于动态。写好事物的静态和动态，对记录事件，表达中心思想具有重要作用。观察人物或事物，要按照一定的顺序，在写人物和事物的静态、动态时，也要按照一定的顺序写。例如《喇叭花》一文，对喇叭花的描写就是这样的："我看到在那缀满了花蕾的绿叶中，开了一朵红白相间，光洁晶莹的花，又娇嫩，又鲜艳。"这是对喇叭花的静态描写。"喇叭花开得一天比一天多。稠密的绿叶衬着各种颜色的花，远远看去好像挂着一匹美丽的锦缎。"这是对很多喇叭花的静态描写。

如果把静物写活的话，文章就显得生动活泼、趣味横生。怎样才能把静物写"活"呢？

1. 比较法。比较法就是把同一静物在不同时间的不同状态同时写出来，做比较，就出现了"活"字。例如《喇叭花》一文通过对各个时期喇叭花形态的描写，就把喇叭花写活了。幼苗刚出土："两片肾脏形的子叶，中间藏着叶芽，显得那么嫩，那么弱，是一夜春风把它们催出土的。"接着写："咱们得给它搭个架子，让花攀攀在架子上。"然后又写道："花攀沿着竹竿向上攀，一直攀到屋檐上。叶子越长越密，成了一堵绿色的墙。"再接着写："在那缀满了花蕾的绿叶中，开了一朵红白相间、光洁晶莹的花，又娇嫩，又鲜艳。"最后写："喇叭花开得一天比一天多。稠密的绿叶衬着各种颜色的花，远远看去好像挂着一匹美丽的锦缎。屋檐上也开了花，有一条蔓还悄悄地把几朵花送到邻居家的院子里了。"这样，把喇叭花各生长期的情况放在一起来写，通过比较，表现了喇叭花生长的动态。

2. 拟人法。拟人法就是把物当作人来写，赋予其人的性格，使静物"活"起来。例如《繁星》一文就是用拟人法把静物写活的："我望着那许多认识的星，我仿佛看见它们在对我霎眼，我仿佛听见它们在小声说话。这时我忘记了一切。在星的怀抱中我微笑着，我沉睡着。我觉得自己是一个小孩子，现在睡在母亲的怀里了。"通过使用拟人法，静止的星星"活"起来了，有了人的生命和情感。

3. 拟物法。拟物法就是把人当作物来写，使人感到物也"活"起来。例如《荷花》一文就是用拟物法，把荷花写"活"的："我忽然觉得自己仿佛就是一朵荷花，穿着雪白的衣裳，站在阳光里。一阵微风吹来，我就翩翩起舞，雪白的衣裳随风飘动。不光是我一朵，一池的荷花都在舞蹈。风过了，我停止舞蹈，静静地站在那儿。蜻蜓飞过来，告诉我清早飞行的快乐。小鱼在脚下游过，告诉我昨夜做的好梦……过了好一会儿，我才记起我不是荷花，我是在看荷花呢。"作者把人当作荷花来写，使静的荷花动起来。

4. 比喻法。比喻法就是用比喻的方法使静物"活"起来。例如《内蒙风光》一文就是用这种方法使静物"活"起来的："兴安岭上千般宝，第一应夸落叶松。是的，这是落叶松的海洋。看，'海'边上不是还有些白的浪花吗？那是些俏丽的白桦，树干是银白色的。在阳光下，一片青松的边沿，闪动着白桦的银裙，不像海边上的浪花么？"把青松比作海洋，把白桦比喻为浪花，人们想到大海的波涛，想到飞溅的浪花，自然感到"林"也像"海"一样动起来。

5. 移步转换法。移步转换法就是从不同范围、距离、角度，看同一事物，并把它写出来，给人以"动"感。例如《我的空中楼阁》一文，同一座小屋，却呈现四幅不同的画面：先以大范围的山做背面，正面从远处看是"山脊上的小屋"；再以小范围的绿树做背景，正面从近处看是"绿树前的小屋"；接着又以一棵树做背景，正面从近处看是"一棵树笼罩下的小屋"；最后再以绿叶做背景，侧面从远处看是"树间若隐若现的小屋"。这样，作者把从不同距离、不同角度所见的小屋写出来，这就使静态的小屋"活"起来。

6. 想象法。想象法就是根据静态展开丰富的想象，描绘出各种形象，化静为动。例如《火烧云》，作者将火烧云的片刻静态，想象成马、狗、狮等动物："一会儿，天空出现一匹马，马头向南，马尾向西。马是跪着的，像等人骑上它的背，它才站起来似的。过了两三秒钟，那匹马大起来了，腿伸开了，脖子也长了，尾巴却不见了。""忽然又来了一条大狗。那条狗十分凶猛，在向前跑，后边似乎还跟着好几条小狗。跑着跑着，小狗不知哪里去了，大狗也不见了。""接着又来了一头大狮子，跟庙门前的石头狮子一模一样，也那么大，也那样蹲着，很威武很镇静地蹲着。可是一转眼就变了，再也找不着了。"

7. 综合法。综合法就是在一篇文章中，用两种以上的方法，把静物写"活"。例如《内蒙风光》一文就是这样。这篇文章通过运用比喻和拟人法，把静物写活，使文章生动活泼，具有文采。文章把林比作海，海有波浪、有浪花，文章还用拟人法写兴安岭："兴安岭多么会打扮自己呀：青松作衫，白桦为裙，还穿着绣花鞋呀。"

《〔双调〕庆东原（暖日宜乘轿）》
——白描手法的运用

◎ **作者**

白朴

◎ **原文**

暖日宜乘轿，春风堪信马。恰寒食有二百处秋千架。对人娇杏花，扑人飞柳花，迎人笑桃花。来往画船边，招飐青旗挂。

◎ **译文**

春天的白日是那样温暖，和煦的春风把大地吹遍。这样的天气既适宜乘轿出游，也适宜骑马在原野驰骋。正值寒食，秋千林立，处处可见。杏花逞娇斗妍，柳花飞扑人面，桃花绽开笑脸。江边的游船来来往往，酒家的青旗高挂着迎风招展。

◎ **写作赏析**

日暖风和是春季晴日的基本特征，所以起首的两句是互文见义，意谓在暖日春风之中乘轿骑马都十分适宜。一句分作两句表达，是为了细细品味春天的好处，也带有轿儿马儿陆续登程，络绎不绝的意味。

由"宜""堪"的无往不适，带出了下文的游赏。令作者印象至深的是"恰寒食有二百处秋千架"。为什么要强调有这么多秋千架呢？这与唐代传沿下的风俗有关。据王仁裕《开元天宝遗事》记载："天宝宫中，至寒食节，竞竖秋千，令宫嫔辈嬉笑以为宴乐……"可见秋千林立，是寒食节特有的景观。寒食节在清明节前一二日，正是百花齐放的大好时光。接下来三句，就用排比的句式，拈写了其中的代表——杏花、柳花与桃花。杏花妍丽雅洁，如玉容呈露，是"对人娇"；柳花飘舞轻飏，如依依随身，是"扑人飞"；桃花艳美夺目，如佳人多情，是"迎人笑"。这三句不仅刻画了春花各自的妍态，并且将原本无情的花木拟人化，从而显示了游人赏心悦目、全身心陶醉于大自然美景的情态。

结末又用一组对仗，添出了"画船"与"青旗"的新景。前者不仅补充了"轿""马"之外的又一游览工具，而且隐示了郊野之中水流的存在。后者则以青旗招展表现出闲适安逸的感觉，有花有酒，这春日的游赏就更尽兴了。全曲纯用白描，却因典型景物的选置与生动形象的表述，使读者身临其境，深切感受到了春日郊野的勃勃生机与游人的畅乐心情。此曲又见于马致远《〔双调〕新水令·题西湖》套数中的第二支曲子，其全套衍出十二支曲子，由此可见这首作品的艺术感染力量。

◎ 写作技巧

白描作为一种表现方法，是指用最简练的笔墨，不加烘托，描画出鲜明生动的形象。我国优秀的古典小说《水浒传》《三国演义》等多用白描的手法。

1. 不写背景，只突出主题。我国优秀的古典小说和古典戏曲，就具有这种特点：不注重写背景，而着力于描写人物。通过抓住人物特征的肖像描写或人物简短对话，将人物的性格凸显出来。如《三国演义》中，对赵子龙肖像的勾勒："忽见草坡左侧转出一个少年将军，飞马挺枪，直取文丑。公孙瓒扒上坡去，看那少年：生得身长八尺，浓眉大眼，阔面重颐，威风凛凛，与文丑大战五六十合，胜负未分。"仅用"身长八尺……"寥寥十二个字，就将赵子龙威风凛凛、英俊勇武的少年将军的神态展现出来。

2. 不求细致，只求传神。由于白描勾勒没有其他修饰性描写的烦扰，故作者能集中精力描写人物的特征，往往用几句话、几个动作，就能画龙点睛地揭示人物的精神世界，收到以少胜多、以形传神、形神兼备的艺术效果。朱自清的散文极善于用白描手法勾勒人物，如他在《桨声灯影里的秦淮河》中对船上伙计形象的勾画："那时一个伙计跨过船来，拿着摊开的歌折，就近塞向我的手里，说：'点几出吧！'……我真窘了！我也装出大方的样子，向歌妓们瞥了一眼，但究竟是不成的！我勉强将那歌折翻了一翻，却不曾看清几个字；便赶紧递还那伙计，一面不好意思地说：'不要，我们……不要。'他便塞给平伯，平伯调转头去，摇手说：'不要！'那人还腻着不走。平伯又回过脸来，摇着头道：'不要，不要！'于是那人重到我处。我窘着再拒绝了他。他这才有所不屑似的走了。"作者通过对这位伙计硬来兜揽生意的动作、神情和语言的描写，突出表现了他的职业及性格特点，虽着墨不多，但颇为传神。

3. 不尚华丽，务求朴实。优秀的文艺作品之所以感人，就在于作者抒发的是真情实感，感情愈淳，愈能震撼读者的心灵。宋朝的李清照是位以白描著称的词人。在其词作中，她直抒胸臆，感情真率细腻，用语朴素流畅，无造作之态，有自然之美。她的代表作《声声慢》，开端即连用十四个叠字："寻寻觅觅，冷冷清清，凄凄惨惨戚戚。"这种叠字是最体现文笔的地方，而作者却用得恰到好处，十四字所设置的愁惨而凄厉的氛围，与其处于国破家亡夫死的悲惨遭遇中的孤寂愁苦心境极为吻合，因此受到历代词论家所赞赏。往下写风送雁声，反增添了她思乡的惆怅，还透露她惜花将谢的情怀。最后写她独坐无聊，内心极为苦闷之状。作者对"梧桐更兼细雨，到黄昏，点点滴滴"更是通过白描手法刻画出难挨时刻的心情，秉笔直书，情真意切，如见肺腑。

《〔仙吕〕醉中天（花木相思树）》

——铺叙手法的运用

◎ 作者

刘时中

◎ 原文

花木相思树，禽鸟折枝图。水底双双比目鱼，岸上鸳鸯户。一步步金厢翠铺。世间好处，休没寻思，典卖了西湖。

◎ 译文

花木交错，如同相思树，鸟儿点缀其间，构成一幅折枝图。湖里的游鱼成双结对，在水下快乐地追逐；岸上的人家门当户对，男男女女都是亲密相处。一步步镶金铺翠，到处见琳琅满目。这真是人间的天堂乐土，你可别糊里糊涂，把西湖当了卖了。

◎ 写作赏析

杭州西湖的旖旎风光给文人骚客带来了无穷无尽的灵感和情思。歌咏西湖的散曲作品，也如同湖山美景那样各具风致。这首散曲是其中不落常套的一首。

起首四句，剪裁出四幅不同的画面。第一句，远眺。相思树即连理树，原指异根而同枝相通。西湖岸上花卉林木互相依偎簇拥，交柯接叶，远远望去便会产生连理的感觉。第二句，近观。"折枝"是花卉画中突出局部主体，而稍取旁景衬托的剪裁性特写，作者为各色禽鸟所吸引，伫神凝望，连同近旁枝叶的背景，不正是一幅绝好的折枝图吗？第三句，湖中。"双双比目鱼"，当然不是《尔雅》所说的那种唯生一目、"不比不行"的鲽鲽，不过是因为游鱼成群，圉圉洋洋，所以看上去好像都是结伴成对的。何况观鱼最容易引起像庄子于濠水上产生的那种物我一体、移情游鳞的感受，而西湖的澄澈明丽，亦自在句意之中。第四句，岸上。曲中用"鸳鸯户"三字，造语新警。它既形容出湖岸鳞次栉比的人家，又会使人联想起门户内男欢女悦、熙熙陶陶的情景。这四句固是状写西湖花木之繁、鱼鸟之众、人烟之稠，然而由于用上"相思""比目""鸳鸯"等字样，便平添了热烈、欢乐和美好的气氛。四幅画面交叠在一起，还是静态的，而下承"一步步金厢翠铺"一句，就化静为动了。"金厢"即以金镶嵌，有富贵气象，而"翠铺"又有清秀的色彩。这一切，自然而然引出了"世间好处"的考语，用今时的话语来说，这正是"人间天堂"的意思。

铺叙自此，用笔已满，作者突然一折，接上了一句"典卖西湖"的冷隽语，细细思味，"休没寻思"这一句，也多少隐含着对前朝误国君臣的嘲弄，隐含着一点兴亡盛衰之感。双关之意，颇为巧妙。

◎ 写作技巧

铺叙是写作中常用的手法，即充分展开叙述，使描写的事物穷形尽相，它是克服叙事概念化、简单化的诀窍之一。多方铺叙，一是指多方位、多角度地铺叙，二是指采用多种方法铺叙。

比如，你观看了一场足球比赛，如何在笔下再现足球场看台上的那种热烈、火爆的场面？你能像下面这篇节选一样写出球迷的疯狂劲儿吗？

"球入网的那一刹那，'噢……'的一声，整个看台都沸腾了。输球的一方大骂守门员的呆笨。有的人脸涨得通红，歇斯底里地叫喊着，脖子上绽出了青筋；有的人攥紧拳头，用脚使劲地踩地，仿佛想把那股子愤懑和不满踩进地底去……赢球的一方高兴得手舞足蹈。有的人脚下仿佛生着一根弹簧，不停地往上跳；有的人仰天大笑，笑得全身发颤，笑得脸上肌肉收缩在一起，隆起老高；有的人使劲舞动着大彩旗，'呼隆'一下盖过你的头顶，又'呼隆'一下掠过你的耳际。整个人群就像热分子运动，让人想起集体出巢的蜜蜂，想起锅里翻滚的稀粥，想起氢气与氯气的大爆炸。每个人都扯着喉咙朝赛场喊，亢奋的、愤怒的，尖嗓门的、哑嗓门的，平日能言善辩的、沉默寡言的，此刻都提高了十六度，整个的和在一起，沙嗡轰沙嗡轰地响。那响声被支离成千百万的分子，充斥在空气中的每一个角落，如山呼海啸，铺天盖地，震耳欲聋……每个人的血液都在激烈地奔涌着，每根神经都在高速传递着亢奋的元素，每个细胞都憋足了劲在扩张，每个人只管将心中的狂喜、怨气、兴奋、惋惜一股脑儿倾出来……"（胡婷《疯狂球迷》）

读完这个片段，我们不能不叹服作者行文之细密，表达之细腻。这种细密、细腻的描写，主要在于作者善于多方铺叙，因而将足球看台上热闹喧嚣的场面描写得震撼人心。

一是作者能全方位、多角度地状写"沸腾的"看台。首先细致地描绘、渲染输球和赢球两方球迷各自的表情与行为；接着展开联想，以"热分子运动""出巢的蜜蜂""翻滚的稀粥"做比喻，进一步地渲染喧嚣的场面；然后铺写各色人等和在一起发出的响声；再进一步描绘那响声充斥全场的广度；最后想象每个人生理、心理上的激烈的反应。

二是作者善于采用多种方法来铺叙，将概括描写与细节描写相结合，既有点上的细描，又有面上的勾勒；还运用了比喻、排比、夸张、反衬等修辞方法。多方铺叙确为穷形尽相之妙法。

《〔中吕〕普天乐·西湖即事》
——虚实结合手法的运用

◎ **作者**

张可久

◎ **原文**

蕊珠宫，蓬莱洞。青松影里，红藕香中。千机云锦重，一片银河冻。缥缈佳人双飞凤，紫箫寒月满长空。阑干晚风，菱歌上下，渔火西东。

◎ **译文**

西湖的景色仿佛人间仙境。在青松影里，有一座蕊珠宫；在红藕香中，有一个蓬莱洞。空中一片片云朵像千机织成的彩锦，天上长长的银河像冰一样明亮皎洁。缥缈佳人翩翩起舞灵巧如双飞凤，寒月下紫箫声声满长空。这时候，晚风轻拂着阑干，只听得到处是采菱人所唱的歌，只看见四面是渔船上的灯火。

◎ **写作赏析**

我国民间早有"上有天堂，下有苏杭"的说法。这首曲子首尾写现实中的西湖景色，中间展开瑰丽的想象，把人们引入仙境，云锦遍布，银河倒映，仙女飞升，月下吹箫。读者既可看到西湖月夜的清丽、缥缈，又可产生如临人间仙境之感。

此曲在写作手法方面很有特色。一是富有想象力。作者拥有非同凡响的想象力。"缥缈佳人双飞凤，紫箫寒月满长空。"湖上的箫声引起作者的遐想。前句写作者隐约看到一对佳人如飞凤翩翩起舞，这是虚写。后句写湖上的箫声与天空的寒月引起诗人的遐想，这是想象丰富多彩。二是虚幻与现实、古与今的交错。虚景为蕊珠宫（天宫）、蓬莱洞（海上仙山），实景为青松（钱塘十景之一）、红藕（西湖十景之一）。镜头从虚幻的仙境转移至地面的真实情景。三是善用修辞。曲中用了比喻、夸张和衬托手法。"蕊珠宫"是道教传说中的天宫，"蓬莱"则是传说中的海上仙山。作者把西湖比喻成美不胜收的天宫和仙山，让人联想到西湖的美。"千机云锦重"，形容天上的云和彩霞如同织女用织机织出的千重云锦，幻想与现实相融合，使西湖夜景更加柔媚动人。阵阵晚风给人带来湖面的清凉，使人舒适而惬意。上下菱歌打破了西湖寂静，更显出四周的安恬。"千机云锦重"是形容晚霞之多之美，"一片银河冻"乃是形容银河的冷清。此两句乃是数目上的衬托。一个形容多一个形容冷清，无形中增强了画面所表达的感情色彩。四是引用典故。引用萧史、弄玉的故事。萧史善吹箫，秦穆公将喜爱吹箫的女儿弄玉嫁给他。数年后，弄玉乘凤、萧史乘龙升天而去。五是押韵。除了"缥缈佳人双飞凤"和"阑干晚风"，其他的韵脚相同。六是对仗工整。对仗是用对称的字句或按照字音的平仄和字义的虚实做成对偶的语句，以增强语言的感染力和表现力，使内容更鲜明有理，让读者有深刻的印象。如"蕊珠宫，蓬莱洞""青松影里，红藕香中"。另外，全曲语言充满华丽美，语句精练，词语搭配恰当，手法熟练，具有典雅风格。

在内容上也很有特色。一是以景托情。作者选用了"阑干""菱歌""渔火"来概括西湖秋夜之美。作者通过星星点火的渔火，时断时续的晚风，上上下下的菱歌，把秋夜西湖的静表现得十分生动传神。二是视觉、听觉、嗅觉、触觉和幻觉的交错。视觉——"青松影里"，看见青色的松树倒影在湖里。听觉——"缥缈佳人双飞凤，紫箫寒月满长空"，听到日夜游湖人的箫声。嗅觉——"红藕香中"，嗅到湖上荷花飘来的阵阵清香。触觉——"阑干晚风"，晚风吹来，轻抚诗人的肌肤。幻觉——"缥缈佳人双飞凤，紫萧寒月满长空"，作者幻想仿佛看见了两位佳人骑着飞凤，披着清冷的月光向广寒宫飞去。

此曲是咏西湖夜景的名篇，很有特色，想象丰富，比喻新颖独特，幻想与现实相融合，使西湖夜景更加柔媚动人。这种把想象和现实结合起来的写法，与李商隐的《碧城》、秦观的《鹊桥仙》有异曲同工之妙。

◎ **写作技巧**

虚实结合是写作中常用的一种表现手法，无论是写哪一种体裁的文章，都必须做到虚实结合。那么什么是虚实结合呢？就是把抽象的叙述与具体的描写结合起来，或者是把现实生活的描写与回忆、想象结合起来。如果在写作中使用这种手法，文章就会变得生动、形象，更有韵味。那么虚实结合有哪些特点，在写作中又怎么运用呢？

1. 化虚为实。化虚为实就是化抽象为具体，具体地说，就是在构思时，由抽象的文题去联想具体的事物；在行文时，由抽象的文意去想象具体的事情。

化虚为实的方法多种多样，但主要有两种：一是具体化。就是通过事物或实物，把抽象的变成具体的，变得眼睛可见，耳朵可听，双手可摸。比如将抽象的"幸福"具体化："幸福是母亲的关爱，是收到贴心的礼物"。这样，本来抽象的"幸福"就显得非常具体。二是形象化。就是通过比喻、比拟等手法，将抽象的事物变得具体形象，变得栩栩如生，形象生动，活泼感人。比如将抽象的"愿望"形象化："愿望是远山丛中的高峰，是望不到头的公路，是驶向远方的巨轮。"这样，将"愿望"比作"高峰""公路""巨轮"，化抽象为具体。

2. 化实为虚。化实为虚，就是说，将具体的化为抽象的。归纳起来，不外乎两方面：首先是在构思时，由具体的文题引申出抽象的道理；其次是在行文时，由具体的事物揭示出抽象的哲理。前者如由文题"肩膀"引申："肩膀，可演绎完美的人生，那肩膀能诠释生命，能感人泪下，能催人奋进。肩膀，可演绎亲情的故事，那肩膀能给我勇气，能明我心志，能引我前行。"后者如由具体的"肩膀"去揭示："大山的肩膀扛起了长河落日，显得那么壮美苍茫；大海的肩膀托起了汹涌波涛，显得那么澎湃激昂。可见，自然的肩膀是多么美丽壮观，丰富多彩。"总之，不论是前者还是后者，都从具体的"肩膀"抽象出许多深刻的道理，变得更加理性化了。

做到化实为虚，方法主要有两种：一是归纳法，就是由具体事物归纳出深刻的道理，或者由具体事实推断出科学的结论，但两者必须符合逻辑，讲究科学。比如由下列具体事物去归纳："家，是黄昏湖边的搀扶，是灯下互剪的白发，是白头偕老的漫漫旅程，是相依相伴的朵朵黄花。因此，家，是老来伴，是夕阳红。"不难看出，由黄昏搀扶到互剪白发，由"白头偕老"到"相依相伴"，由"老来伴"到"夕阳红"，不仅事物具体，特征明显，而且逻辑严密，归纳科学。二是演绎法，就是由具体事物演绎出抽象的道理，或对具体事物进行正确的推理，并力图做到演绎合理，推理科学，逻辑严密，无懈可击。比如由下列具体事物去演绎："家，是爱情的结晶，是英雄的后盾，是挂在颈上的重担，是人生的延续。所以，家，是责任，是守护。"很显然，前面属具体原因，后面属科学结论。前后原因具体，推论科学，真可谓因果相连，天衣无缝。

3. 虚实并用。虚实并用，很好理解，就是虚实有机结合，配合使用。虚实并用有以下两种情况：一是由虚入实，以实为主，就是先点出抽象的道理，然后用事例加以印证，力图逻辑严密，让人信服。

要做到虚实结合，方法主要有两种：一是合并法，就是将虚与实合二为一，合并使用。可以先虚后实，也可以先实后虚。例如："理想，是黑暗中的指路明灯，是迷路时的行路指南，是焦急时的一泓清泉。而实现理想，需要毅力与意志，需要勇气与坚持，需要专注与执着。"很明显，"指路明灯""行路指南""一泓清泉"都属于实，而"毅力与意志""勇气与坚持""专注与执着"都属于虚。这样，先实后虚，由实到虚，由实转虚，就能合并使用，增色添彩。二是融合法，就是将虚与实有机结合，融为一体。可以虚中有实，也可以实中有虚。例如："家，是个可以任意发牢骚的地方，是个可以不受责备的王国，是个可以将困难排除在外的天堂，是个可以将爱保存的乐园。"从实来看，将"家"比喻成具体事物"地方"和"王国"，"天堂"和"乐园"。就虚而言，揭示了家的特点："可以任意发牢骚""可以不受责备""可以将困难排除在外""可以将爱保存"。这样就做到了虚实结合。

综上所述，虚实结合，虚实相生；虚中带实，实中揭虚，的确巧妙无比，力量无穷。在写作中，不论是写记叙文，还是写议论文；不论是写散文，还是写散文诗，如果都能做到虚实结合，那就一定能使文章具有气势，富有哲理，进而使文章更加光彩照人，更加引人入胜。

《〔双调〕折桂令·过多景楼》
——反衬手法的运用

◎ **作者**

周文质

◎ **原文**

滔滔春水东流。天阔云闲，树渺禽幽。山远横眉，波平消雪，月缺沉钩。桃蕊红妆渡口，梨花白点江头。何处离愁？人别层楼，我宿孤舟。

◎ **译文**

滔滔春水向东流去，衬得天空分外广阔，飘着的朵朵白云也是如此悠闲，鸟儿在树梢上停栖。远山仿佛美人的眉黛一般，起伏有致，水面上一片平静，积雪渐渐融化，正是月缺时分，形似沉钩。这渡口，有桃蕊红妆点缀，有白色梨花渲染。我的离愁在哪里？别人的离别只是短暂，而我却如此漂泊，独自借宿孤舟中。

◎ **写作赏析**

"多景楼"是江苏省镇江市的一处寺内建筑，其之所以被称为"多景"，也是因为它建在山上，地势高，万事万物都可尽收眼底。前文极写所见景色之美，最后三句一问一答道出哀情，可见此曲采用的是以乐景反衬哀情的手法。

前三句写的是整体感受，春水东去，天空辽远，闲云飘散，视野极其开阔，树木显得那么远，鸟儿仿佛也都消失了踪迹，就像是一种脱离尘嚣的展望，让人豁然开朗。接着具体写了所见景物：山如黛、水如镜、月缺似沉钩，寓意白昼将尽。诗人依次运用了"阔""闲""渺""幽"以及"远""平""缺"等加以刻画，句式倒装，使景物描写细腻生动。

视线下移，桃花、梨花红白相间的景色下是那"渡口"和"江头"，曲至此，已经透出离别之情。尾三句便点出真意："何处离愁？人别层楼，我宿孤舟。"如蜻蜓点水一点而出，让原本沉浸在乐景中的人顿生哀感。

◎ 写作技巧

对比，是为了充分显示事物的矛盾，突出被表现事物的本质特征，加强表达效果和感染力，把具有明显差异、矛盾和对立的双方安排在一起，进行对照比较的表现手法。例如："朱门酒肉臭，路有冻死骨。"（杜甫《自京赴奉先县咏怀五百字》）就是运用对比的手法表达了对统治者穷奢极欲的愤怒，对人民悲惨遭遇的同情，我们也从中看到了封建社会尖锐的阶级矛盾。"有的人活着，他已经死了；有的人死了，他还活着。"（臧克家《有的人》）诗人通过两种人的对比，意味深长地表现了对这两种人的不同态度。

反衬，属于衬托中的一种，是利用事物间的相反或相对的条件，用一些事物做陪衬来突出所要表现的事物的一种手法。它可以使被陪衬的事物显得更加突出、形象、鲜明。例如杜甫的《漫成一绝》："江月去人只数尺，风灯照夜欲三更。沙头宿鹭联拳静，船尾跳鱼拨剌鸣。"其中"船尾跳鱼拨剌鸣"一句就运用了反衬手法，诗的前三句围绕一个"静"字落笔，此句写动，写声，反衬其环境的寂静。"蝉噪林逾静，鸟鸣山更幽"（王籍《入若耶溪》）也是用此手法。

一般说来，对比的两种事物并无主次之分，通过对比，使两者的特征更加鲜明。而反衬，两者主次分明，次要事物是为了突出主要事物的，使被陪衬的事物更加鲜明、突出。这是对比和反衬的主要区别。

要说明的是，广义的对比就是作比较的意思，而两种事物要形成反衬，就得把它们放在一起进行比较，因此在具体的运用中，好多时候反衬与对比的区分并不是十分严格。

从元曲中汲取写作智慧

第七章

抒怀言志，学写事说理

《〔正宫〕鹦鹉曲·都门感旧》

——铺陈渲染，烘托气氛

◎ **作者**

冯子振

◎ **原文**

都门花月蹉跎住，恰做了白发伧父。酒微醒曲榭回廊，忘却天街酥雨。

〔幺〕晓钟残红被留温，又逐马蹄声去。恨无题亭影楼心，画不就愁城惨处。

◎ **译文**

在这京城的春花秋月，我荒废了这么多时日。如今我已成了一个白发苍苍的老头。曲折的水榭边，回环的长廊里，我饮酒醉倒，刚刚醒来，竟忘了自己是在都城观看那满街酥油般的雨丝。

拂晓的钟声余音未尽，红被中还残留着体温，我又不得不离开住所，随着马蹄踏上了行程。亭台楼阁不曾留下题咏，不能不使人感到憾恨，实在是因为没有笔墨，能描画出我久居困愁中的伤心。

◎ **写作赏析**

"都门花月蹉跎住，恰做了白发伧父。"起首两句，定下了全曲悲凉的基调。京城是繁华风流的象征，"都门花月"，无疑在作者生活中留下了不可磨灭的印记。然而，曲中却以"蹉跎"二字作为"花月"的同位语，"蹉跎"造就了作者的"白发"，使他成了老头子。作者有意突出了"白发伧父"与"都门花月"的不调和，是自嘲，更是一种深深的自责。

三、四两句，是"都门感旧"的掠影之一。这里的"曲榭回廊"同"天街"绝缘，可见是青楼内的建筑。"酒微醒"而"忘却"，说明沉湎之深。借用韩愈诗句入曲，既以"天街"照应"都门"，又隐现了"天街酥雨"所当的早春时令。在青楼中醉酒度日，既忘却了身处的空间，又忘却了时光的流逝，这就为"花月蹉跎"做了形象的注脚。

　　〔幺〕曲前两句，是"感旧"的掠影之二。从"红被"这种香艳的表征来看，这一切仍发生在青楼之内。夜宿平康，"红被留温"，却被晨钟唤起，不得不急匆匆上马入朝承应公事，这颇使人想起李商隐《无题》诗中"嗟余听鼓应官去，走马兰台类转蓬"的句子。放不下利禄功名，遂不能充分享受"花月"之温馨，但在功名事业上又不能深惬己愿，平步青云，不过是"又逐马蹄声去"。这种矛盾的处境，成了"花月蹉跎"诠释的又一补充。

　　末尾两句，才真正抒发"感旧"的感想。作者悔恨自己没有在京城写下很多诗歌，因而未能将自己的愁情充分表达出来。这其实是说自己在"花月蹉跎"的生活中，一直没有机会为内心的思想感情定位。"亭影""楼心"的飘忆与"愁城惨处"的断评，表现着一种既留恋又追悔的复杂心情。

　　生活中常有这种情景：明明是很有诚意的忏悔，但在忏悔中又不自禁地流露着"剪不断，理还乱"的情绪。该曲中多为闪现的意象，自嘲自责而又陶然于前尘旧影之中，也属于这样的表现吧。

　　◎ 写作技巧

　　宋代画家郭熙有言："山欲高，尽出之则不高，烟霞锁其腰，则高矣。水欲远，尽出之则不远，掩映断其脉，则远矣。"这句话说的就是国画创作中的一种技法，用水墨或淡彩对物象外廓进行涂染，如烘云托月般使其鲜明、突出。文学创作中，也常用此法，大肆渲染，制造声

从元曲中汲取写作智慧

势。这种技法就是铺垫。

铺垫是着重描述，铺陈渲染的一种表现手法，其可用于为主要人物出场或主要事件发生创造条件。它的全部奥妙都在"垫"和"衬"上，是对即将来临的人物或事物的衬托。铺垫在文学作品中以景物描写交代背景，渲染气氛，衬托心情；以细节描写铺设伏笔。总之，不管哪种类型的铺垫，都是通过间接手段为主要人物的出场或主要事件的发生服务。具体怎么做呢？

1. 用景物铺垫，渲染烘托气氛。以景衬景，以形成"山雨欲来"的情势。试看《雷雨》第二幕开头的一段舞台说明："午饭后，天气更阴沉，更郁热。低沉潮湿的空气，使人异常烦躁……"渲染了一种压抑、烦躁、沉闷的气氛，并为剧中矛盾趋向高潮，最终在一个雷电交加的狂风暴雨之夜爆发做铺垫。老舍的《在烈日和暴雨下》也是以景铺陈："街上的柳树像病了似的，叶子挂着层灰土在枝上打着卷；枝条一动也懒得动，无精打采地低垂着。马路上一个水点也没有，干巴巴地发着白光。便道上尘土飞起多高，跟天上的灰气联接起来，结成一片毒恶的灰沙阵，烫着行人的脸。"抓住盛夏街头典型的景物，把一个火一般灼热难耐的世界逼真地呈现出来，为后文祥子的出场做铺垫。以景衬情，正如王国维所说"以我观物，故物我皆著我之色也""一切景语皆情语"。情是景的灵魂，景是情的依托，情与景自然交融，才能写出好文章来。例如鲁迅的《故乡》："时候既然是深冬；渐近故乡时，天气又阴晦了，冷风吹进船舱中，呜呜的响，从篷隙向外一望，苍黄的天底下，远近横着几个萧索的荒村，没有一些活气。我的心禁不住悲凉起来了。"作者淡淡几笔，便将一派萧索、荒凉的景象呈现在读者面前，把人物内心深处的那份悲凉渲染得淋漓尽致。以景衬人，如鲁迅小说《故乡》中写少年闰土的一段文字："深蓝的天空中挂着一轮金黄的圆月，下面是海边的沙地，都种着一望无际的碧绿的西瓜，其间有一个十一二岁的少年，项戴银圈，手捏一柄钢叉，向一匹猹尽力的刺去……"以记忆中故乡的美景来为小英雄少年闰土做环境烘托，使少年闰土的形象更丰满、更真切，可谓景美人更美。鲁迅在《孔乙己》中写道："中秋过后，秋风是一天凉比一天，看看将近初冬；我整天的靠着火，也须穿上棉袄了。"这里通过自然环境的描写，为下文写孔乙己的悲惨遭遇做了铺垫。恰当地运用景物描写，不但可以渲染气氛、寄寓情感，还可以烘托人物的心理、表现人物的性格，达到此时无声胜有声的效果。

2. 用细节做铺垫，刻画人物形象。我们可以抓住生活中细微而又具体的典型情节，加以生动细致地描绘，它具体渗透在对人物、景物或场面的描写之中。例如茹志鹃在《百合花》一文中，善于用前后呼应的手法布置作品的细节描写，通过故事发展的细节描写塑造人物形象。文中两次出现通讯员枪筒上的树枝和野菊花，这两个细节不仅直接表现通讯员的天真质朴和即将参加战斗的乐观情绪，而且表明他对大自然、对生活中美好事物的热爱。范进"中举发疯"的情节，就是在人物病态的细节衬垫中展开的。范进读榜前，还在插标卖鸡。当邻居找他报喜时，"范进道是哄他，只装不听见，低着头，往前走"。这处心态细节的描述，含蓄地衬托了一颗饱受创伤的灵魂的屈辱和痛苦，细枝末节的衬垫披露了他人生悲剧的端倪。接着写他读榜时神色骤变："看了一遍，又念一遍，自己把两手拍了一下，笑了一声道：'噫！好了！我中了！'说着，往后一交跌倒，牙关咬紧，不省人事。"从这出人意料的一系列神态、动作变化中，我们隐约感受到人物这根脆弱的心弦由震动而崩裂的余音。假如小说舍去人物固执不信、看榜呆痴等病态心理的衬垫描写，范进闻喜中疯的典型情节就显得唐突、离奇，其讽刺意义也就显得平庸、肤浅。

3. 用伏笔做铺垫，暗示文章主题。最具艺术的铺垫是伏笔。伏笔的妙处在于一个"伏"字，且要"伏"得不露痕迹。伏笔的作用在于为后面的情节做铺垫，使读者不觉得后面的情节突兀。例如莫泊桑的小说《项链》的结尾，当路瓦栽夫人告诉佛来思节夫人，为了还她的项链自己付出了十年艰辛，佛来思节夫人说那件项链是赝品。这确实出乎读者意料，但仔细想来，并不突兀。这之前有几处铺垫：路瓦栽夫人借项链时佛来思节夫人慷慨应允，珠宝店老板说他只卖过装珠宝的盒子，以及归还项链时佛来思节夫人连盒子也没打开看看的漫不经心，这些都暗示项链并非珍品。总之，在写人叙事状物之时借助铺垫之法，烘云托月，旁敲侧击，待读者仔细品味、揣摩，才发现那闲闲淡淡的点染之笔正是作者的深意所在。

《〔中吕〕山坡羊（大江东去）》

——直抒胸臆，坦率真挚

◎ **作者**

薛昂夫

◎ **原文**

大江东去，长安西去，为功名走遍天涯路。厌舟车，喜琴书，早星星鬓影瓜田暮。心待足时名便足。高，高处苦；低，低处苦。

◎ **译文**

江水滔滔东流入海，车轮滚滚西往长安，我为了博取和保持功名走遍了天南海北。厌恶了车马舟船的旅途劳顿，喜欢悠闲自在地抚琴读书，我早已两鬓斑白，像种瓜的召平到了暮年。心里知足了，功名也就满足了。深居高位，有高的苦处；身居低位，有低的苦处。

◎ **写作赏析**

首三句写出作者早年为功名利禄奔波于大江南北的辛酸和痛苦。"大江东去"袭自苏轼《念奴娇·赤壁怀古》，却没有苏词的豪放。它与次句"长安西去"形成对仗。作者在小令《〔正宫〕塞鸿秋（功名万里忙如雁）》所写的"功名万里忙如雁，斯文一脉微如线。光阴寸隙流如电，风霜两鬓白如练"也是此意，只不过一气呵成，连用四个长句构成"连璧对"，更为酣畅淋漓。

中间三句作者用陶渊明及召平典来写隐居生活。"喜琴书"，即陶渊明在《归去来兮辞》中所写的文人雅士的诗意生活。一厌一喜，对比鲜明，文气跌宕有致。时人刘将孙称赞薛昂夫："以公侯胄子人门家地如此，顾萧然如书生，厉志于诗，名其集曰九皋。其志意过流俗远矣。"（《九皋诗集》）由此可见，这并非作者的自我标榜，而是他真性情的自然流露。"瓜田暮"是用典，表示隐居生活。据《史记·萧相国世家》记载："召平者，故秦东陵侯。秦破，为布衣。贫，种瓜于长安城东，瓜美，故世俗谓之'东陵瓜'，从召平以为名也。"召平是一个非常具有政治远见的有才之士。韩信被诛以后，刘邦派使者拜萧何为相国，"益封五千户，令卒五百人一都尉为相国卫。诸君皆贺，召平独吊"。他为萧何剖析利害关系，劝其让封不受。召平于秦亡汉兴后之所以高蹈远祸，归隐不仕，当是对刘邦大肆屠杀功臣的行为有所不满。薛昂夫的散曲中多次提到召平，如"召圃无荒地"（《〔双调〕庆东原》）、"瓜苦瓜甜，秦衰秦盛，青门浪得名"（《〔中吕〕朝天曲》）等。作者在官场竞逐中青春消尽，两鬓如霜，极度厌倦了官场的倾轧争斗，憧憬向往着召平式的隐逸生活。虽然这种隐居生活注定要远离名利，但"心待足时名便足"，只要能摆脱名缰利锁，像召平那样甘于寂寞和平淡，就一定能够让生命自由徜徉。

末尾"高，高处苦；低，低处苦"是指个人命运的得失穷达。在中国古代文学中较多表现的是"低，低处苦"，即文人的困顿不遇。"高，高处苦"则相对表现得较少。所谓"高处苦"，这当是作者对宦海生涯的真切体验，而非文人所想象之词，当然，相对于张养浩所说的"兴，亡百姓；亡，百姓苦"（《〔中吕〕山坡羊·潼关怀古》），此作还是过于拘泥于个人的成败得失，在境界上稍逊一筹。

此曲抒写作者身居宦海的苦闷与自省。作者虽有退隐之想，却并未做到，说只要心满足也就得到满足，又说在高处做官苦，在低处隐居也有低处的苦，道出了人生的矛盾，表达了内心的真实情感。

◎ **写作技巧**

文章是作者情感的结晶。纵观古今文章，无一不是作者情感的自然流露。清代的大学者袁枚曾说过："有必不解之情，而后有必不可朽之诗。"这句话虽说的是诗，其实所有的文章无不如此，只不过是抒发感情的方式不同而已。

直抒胸臆，就是作者或作品中的人物不借助于任何手段，直接地表白和倾吐思想感情，以感染读者，引起共鸣。直抒胸臆的特点是无任何"附着物"，直截了当地宣泄思想感情，不讲究含蓄委婉，毫无遮掩地袒露思想感情。这种直陈肺腑的抒情方式，坦率真挚，朴质诚恳，很能打动人心。如魏巍《谁是最可爱的人》，在介绍志愿军战士的几个英雄事例后，写下了这样一段抒情文字："朋友们，用不着多举例，你们已经可以了解我们的战士是怎样一种人，这种人有一种什么品质，他们的灵魂多么地美丽和宽广。他们是历史上、世界上第一流的战士，第一流的人！他们是世界上一切伟大人民的优秀之花！是我们值得骄傲的祖国之花！我们以我们的祖国有这样的英雄而骄傲，我们以生在这个英雄的国度而自豪！"作者饱含深情，直抒胸臆，表达了对志愿军战士的无比崇敬和热爱之情。

再如老舍先生的《济南的冬天》也是这样一篇佳作。开头先把济南和北平、伦敦、热带进行对比后，由衷地说道："济南真得算个宝地。"把自己对济南的喜欢毫无矫饰地表露出来。在写济南的山时说，"这一圈小山在冬天特别可爱""那些小山太秀气"。这样直诉肺腑，你可以清楚地读到作者的深情与赞美。最后他在结尾部分写道："这就是冬天的济南。"充分地抒发了"我爱济南的冬天，我爱冬天的济南"的情意，在这充满诗情画意的散文里，老舍先生把自己对济南深深的喜爱、赞美之情淋漓尽致地流露在字里行间。又如鲁迅先生的《论雷峰塔的倒掉》的结尾"活该"，二字独立成段，作者直抒胸臆，强烈地表达了作者对封建反动势力的痛恨与嘲讽，和人民取得胜利，反动势力得到应有惩罚的欢快之情。

《〔双调〕殿前欢·对菊自叹》
——托物言志，委婉曲折

◎ **作者**

张养浩

◎ **原文**

可怜秋，一帘疏雨暗西楼。黄花零落重阳后，减尽风流。对黄花人自羞。花依旧，人比黄花瘦。问花不语，花替人愁。

在可悲可叹的秋天，帘外稀稀落落的秋雨使西楼变得昏暗幽寂。重阳节后，菊花渐渐凋零，失去了当初的风流韵致。然而面对菊花，人更觉得羞惭。花还是同去年的花一样，可是人却比菊花还要憔悴消瘦。将心事说与花听，花默默无语，却暗自替人惆怅。

◎ 写作赏析

此曲所要描写的不是菊的高洁，而是作者对自己生存状态的喟叹。重阳过后，菊花零落，作者面对零落的菊花，不禁以物拟我，而且自觉比菊还要羞愧三分。此曲赞扬了菊花不畏风霜的坚强品格。此曲词直白易懂，表现曲"贵浅显"的特色。它婉转相生，一波三折，一层深入一层，"问花不语，花替人愁"。

"可怜秋，一帘疏雨暗西楼。黄花零落重阳后，减尽风流。"这四句是说西风碎减叶飘零，作者推开了窗子，映入眼目的不是一帘幽梦，而是凄风疏雨，细雨从楼瓦流下，化作雨帘。重阳节后，菊花凋零，曾经鲜艳夺目的花朵已落去大半。

"对黄花人自羞。花依旧，人比黄花瘦。"这三句是说花虽败落，但那些依然在枝头盛放的秋菊仍保有风采，作者再看看自己，却已瘦得不成人形。最后两句"问花不语，花替人愁"是说他忍不住问花，自己该如何是好，花虽不语，想必它也在为自己忧愁。该曲以通感的手法结束，一句"花替人愁"，顿使曲子中的愁情变得更加浓郁。张养浩的自怜自惜赫然在目，令人也想化作秋菊，成为倾听他的对象。

他本认为凋零的花应比他更自怜，但实际上菊花耐秋风的能力远超乎他的想象，于是作者才想，也许菊花是在替他悲苦，是以纷纷凋谢。

此曲在艺术上有较高的成就，"人比黄花瘦"是引自李清照《醉花阴》中的"帘卷西风，人比黄花瘦"，"问花不语"则是引自欧阳修《蝶恋花》中的"泪眼问花花不语"。全句的引用，以旧词生新意，用法新颖。

张养浩之所以写"对菊自叹"，其实还有另一层深意。菊花是陶渊明的最爱，陶渊明经常对菊咏叹，表明心迹。张养浩选用菊花为倾诉对象，自然是说自己也想如陶渊明一样，成为一个不问世事的隐居者。宦海风波已成过去，鸟儿返林、鱼儿纵渊，那时的陶公何等惬意，张养浩也想成为另一个陶公，过着池鱼在故渊的生活。

该曲寓情于物，借景抒怀，作者看到菊花遭逢秋雨，黄花零落，减尽风流，自己也精神颓唐，瘦过黄花。怜花正是自怜，作者借菊自叹，乃是对自己政治上失节的悔恨。

◎ 写作技巧

托物言志是指通过描写客观事物，寄托、传达作者的某种感情、抱负和志趣。如于谦的《石灰吟》，诗人借物咏怀，通过描写开采石头烧成石灰的过程及结果，抒发了自己不畏艰难困苦的坚贞情操和光明磊落的高洁思想。

托物言志常常是作者受生活的启发，托物寓意的结果。它常常是借助于具体的植物、动物、事物等的某种特性，委婉曲折地将作者对生活的独到感悟进行提炼升华。这些"物"不是"景"，咏物不是写景。例如郑燮的《竹石》："咬定青山不放松，立根原在破岩中。千磨万击还坚劲，任尔东西南北风。"诗人笔下竹石如画，但作品传递给我们的是竹子的精神——立场坚定，不折不挠，顽强抗争，蕴含着诗人的人格力量。

托物言志之"志"必须是能对事物本身固有的特点进行自然引申，不能从外界移入。自然万物各有其形态、色彩、性质、功用等属性，艺术家把对事物的独到发现和感悟提炼升华，使之与所要表现的某种意义

从元曲中汲取写作智慧

相契合，这样就把物的自然属性转化为某种社会属性，使该物体具有了象征意义。例如，狮子象征刚强，是由狮子曾作为兽中之王的勇敢特性延伸出来的；青松象征崇高，是由其耐寒而常青不凋的特性延伸出来的；莲花象征高洁，是由其出淤泥而不染的特性延伸出来的。通过分析某些象征，我们可以看出：象征义是对象征体固有属性的延伸。某些事物的自身属性触动了人的心灵后，被人们不断强化为象征物。

托物言志之"物"通常只安排一个核心事物，辅以他物衬托。托物言志常诉诸于理智，歌咏物的品格，进而联想到具有这种品格的人。托物言志中的"志"含义很广，可以指志向、情趣、爱好、愿望等。如周敦颐的《爱莲说》，全文以莲花为中心，辅以菊花和牡丹的衬托，歌颂君子的高洁品格，批评逃世避祸者，鄙弃趋炎附势者。三种花虽各具意义，但歌咏莲花才是核心。

托物言志之"物"体现了作者对生活的思考，是其苦心孤诣的结果。我国古代曾有"托物以喻志"的说法。宋代李仲蒙曰："叙物以言情谓之赋，情物尽也；索物以托情谓之比，情附物也；触物以起情谓之兴，物动情也。"这句话指出了比喻与象征（兴）的区别：前者是索物托情，后者是触物起情。托物言志是触物起情，先有物后有情。作者在外物触动之下引起了自身不可言喻、难以穷尽的情绪意念，催生了作者的创作冲动。朱自清写梅雨潭的"绿"，工笔精雕细琢，写出了这潭绿水的形态美、静态美、动态美、色泽美、质感美，作者极尽想象，大胆运用比喻、夸张，将梅雨潭的绿描绘得多姿多彩，清新柔婉，美丽动人。作者写这绿水，究竟其情如何呢？绿色是春天的象征，是生命的象征，是青春年华的标志。梅雨潭的绿色启迪了作者人生需勇于进取，充满激情。

《〔双调〕水仙子 · 游越福王府》

——借物抒情，表达心境

◎ **作者**

乔吉

◎ **原文**

笙歌梦断蒺藜沙，罗绮香余野菜花。乱云老树夕阳下，燕休寻王谢家，恨兴亡怒煞些鸣蛙。铺锦池埋荒甃，流杯亭堆破瓦，何处也繁华？

◎ **译文**

那动人的笙歌，在布满蒺藜的沙砾上已成为打断了的梦；那罗绮还有余香，眼前却只有野菜花。天上飘飞着杂乱的云彩，古树边，夕阳西下。燕子啊，你别再找王、谢的家了。我感叹着千古兴亡，却听到青蛙们鼓着肚子哇哇叫。铺锦池已被荒草埋没，流杯亭只剩一堆破瓦，昔日的繁华，如今到哪里去了呢？

◎ **写作赏析**

这首小令是怀古之作，写绍兴福王府遗址的衰败，充满繁华消歇，不胜今昔之感。其表现方法是借景抒情，但曲中并无对景物的精致刻画，也不脱离景物直抒胸臆，而是情随景生，情景紧密结合，将作者的联想、幻觉、想象、思考熔铸其中。

全曲有三组镜头的特写。第一组特写是起首两句，为府邸的总体印象。一目了然的是遍地沙砾，蒺藜丛生，间杂着开花的野菜。据景实录，光写下"蒺藜沙，野菜花"也无甚不可，但作者显然想得更多更远。他耳边仿佛回荡着当年王府寻欢作乐、宴乐升平的歌吹声，眼前闪现着王公和宫女遍身罗绮、珠光宝气的身影。作者将追想与现实叠合在一起，以"梦断""香余"作为两者的维系。"梦"自不用说了，盛衰一瞬，繁华成空，确实就像梦境那样无凭。"香"呢，野菜花倒是有那么一点，将这点微香作为"罗绮"的余泽，看来就是府中人化为黄土后留给后世的唯一贡献。这一组特写用句内对比的手法，繁华豪奢的昔景使残败荒芜的现状显得更为触目惊心。

第二组特写是中间三句，铺叙了王府园内"乱云""老树""夕阳""燕""蛙"等现存的景物。这些景物本身是中性的，并非福王府所特有，然而作者在述及时一一加上了强烈的感情色彩。主观色彩的注入，一是通过刻意的组合，让景物所具有的苍凉共性在互相映衬中得以凸现，如"乱云老树夕阳下"之句。而更主要的是通过化用典故来实现，这就是关于燕子和青蛙的第四、五两句。"燕"与"王谢家"的关系，经过刘禹锡《乌衣巷》诗句的渲染，已是妇孺皆知。这里劝"燕休寻"，将园内燕子的忙碌穿梭故意说成是有意识的怀旧，悲剧气氛就更为浓烈。"怒煞些鸣蛙"则化用《韩非子》所载怒蛙的典故：越王勾践出行望见怒蛙当道，不禁从车上起立，扶着车前的横木向它们致敬，因为"蛙有气如此，可无为式乎"。在作者看来，如今青蛙气鼓鼓地怒鸣，是为了"恨兴亡"的缘故。这一组特写，正是借景抒情。

第三组特写为六、七两句，着笔于福王府建筑物的遗迹。作品选取"铺锦池""流杯亭"为代表。此两处当为王府旧日的游赏胜所，但其名也有渊源。蔡絛《西清诗话》卷中："王建《宫词》：'鱼藻宫中锁翠娥，先皇行处不曾过。如今池底休铺锦，菱角鸡头积渐多。'或问池底铺锦事，余答曰：'此见李石《开成承诏录》'。文宗论德宗奢靡云：'闻得禁中老宫人，每引流泉，先于池底铺锦。'"据载，唐武则天曾在汝州温泉别宫建流杯亭。亭以"流杯"命名，显然是王府内"曲水流觞"的作乐需要。如今池里是"荒甃"，亭上是"破瓦"，可见昔日富丽堂皇的府第与园苑，到此时已成一堆废墟。这一组特写，更带有"当地风光"的性征。

作者将"游越福王府"的所见不厌其详地分成三组表现，可以解释为他惆怅、伤感、愤懑的步步深化。这一切印象的叠加与感情的郁积，便结出了末句的呐喊："何处也繁华？"这一句既似发问也似回答，盛衰无常、荒淫失国的感慨俱在其中。

这首小令涉及历史主题，曲调沉郁顿挫，与乔吉其他作品清丽婉美的特点有很大差异，这也体现了乔吉对历史兴替的无限慨叹。

◎ 写作技巧

借物抒情，顾名思义，是指在作品中，通过对事物的描写或环境的渲染来抒发作者或作品中人物的感情。如鲁迅《故乡》开头一段，作者并没有直接抒发"我"的悲凉心情，而是通过生动的景物描写来表达"我"当时的心境：压抑、窒闷、悲凉。

借物抒情虽也是文章的一种表现手法，除适用于通篇写景抒情的散文外，借物抒情还多运用在叙事类文章的局部，起到交代时间背景、渲染气氛、烘托人物、推进情节发展、再现地域风光、增强诗情画意等作用。

借物抒情之"情"则不是物本身所固有的，是人从主观感受出发，通过移情而赋予该物的。正所谓"我喜而景喜，我悲而景悲"。苏轼的《水调歌头》是脍炙人口的佳作。它是词人在中秋月圆之夜，因思念胞弟苏辙有感而发所作，词中"起舞"所弄之"清影"和"转朱阁，低绮户，照无眠"的月景相得益彰，烘托了词人此时不尽的思念情怀，写出"但愿人长久，千里共婵娟"的千古绝唱。

借物抒情之"物"则通常需安排多个事物，其间并没有主次差别，作者一并赋予它们以人的情感。而且借物抒情多诉诸感情，抒发作者的热爱、憎恶、赞美、鞭挞、快乐、悲伤等情怀。

《〔双调〕庆东原·西皋亭适兴》

——活用典故，阐述观点

◎ **作者**

薛昂夫

◎ **原文**

兴为催租败，欢因送酒来。酒酣时诗兴依然在。黄花又开，朱颜未衰，正好忘怀。管甚有监州，不可无螃蟹。

◎ **译文**

兴致常常被催租的人败坏了，然而却又因有人送酒而感到高兴。醉醺醺时，诗兴依然存在。菊花又盛开，人也未衰老，就应该把世事忘怀。管他什么监州来碍手碍脚，只要有螃蟹朵颐，便是我平生一快。

◎ **写作赏析**

此曲起首二句，将古代两则有关重阳节的著名典故巧妙地作对比，以工整的对仗和紧密相连的内容引出下文的叙述和议论。其一见载于惠洪《冷斋夜话》，北宋潘大临善作诗，然家甚贫。其友临川人谢逸曾写信问："近新作诗否？"大临答云："秋来景物，件件是佳句，恨为俗气蔽翳。昨日清卧，闻搅林风雨声，遂题壁曰：满城风雨近重阳。忽催租人来，遂败意。只此一句奉寄。"这就是著名的"一句诗"的故事。其二出自萧统《陶渊明传》："尝九月九日出宅边菊丛中坐，久之，满手把菊，忽值弘送酒至，即便就酌，醉而归。"作者未必生活中真有如潘大临那样催租人至的扫兴遭遇，这里的"兴为催租败"，只不过是对日常生活中各种俗事的典型性反映。本言"适兴"而先言兴"败"，目的是突出"欢因送酒来"。后一句因为有了前一句的铺垫，更加淋漓尽致地反衬出作者好酒酣酒快意欣喜的情态。这就是创作中的欲扬先抑手法。所以第三句顺势点出"酒酣时诗兴依然在"。尽管不如意事如催租般拂人情兴，但只要有酒大醉，借助其神奇的功力，结果"诗兴依然在"。这便将作者桀骜放旷的豪情和盘托出。

如果说首二句败兴和尽兴的对比突出了人世间雅与俗的尖锐对立，那么中间"黄花又开"和"朱颜未衰"二句则在红黄对比之中，尽显人与自然的和谐境界。菊花之盛开上承陶渊明九月九"满手把菊"之典。红颜未衰，则是作者表明自己是个充满生活热情的人，而不是个万念俱灰、毫无易趣的行尸走肉。如此秋高气爽的好时节，如此好的人生阶段，"正好忘怀"。作者的酒兴、诗兴都是摒除人世干扰，"忘怀"的结果。忘怀的根据，一是"黄花又开"，二是"朱颜未衰"。前者代表了"西皋亭适兴"的佳令和美景，后者则是作者壮志未消，意欲有所作为的内心世界的发露。

小令至此，"适兴"的题目已经缴足，妙在结尾又添上了两句奇纵的豪语："管甚有监州，不可无螃蟹。"这里又是用典。欧阳修《归田录》载："往时有钱昆少卿者，家世余杭人也，杭人嗜蟹，昆尝求补外郡，人问其所欲何州，昆曰：'但得有螃蟹无通判处则可矣。'"这则典故颇为疏狂放逸的文人所称道，如苏轼就有"欲向君王乞符竹，但忧无蟹有监州"的诗句。作者将钱昆有螃蟹、无监州的条件略作改动，"管甚有监州"，说明就是有监州在旁也没有什么大不了的，显示了蔑视官场桎梏的气概。而"螃蟹"也是重阳节令之物，马致远《〔双调〕夜行船·秋思》套数中"带霜分紫蟹，煮酒烧红叶。想人生有限杯，浑几个重阳节"就是一证。《世说新语》载东晋的狂士毕卓，曾有"一手持蟹螯，一手持酒杯，拍浮酒池中，便足了一生"的豪言。此曲中的"不可无螃蟹"，正是"欢因送酒来"的重申和补充。末尾的这两句，同毕卓的豪言快语在精神气质上是毫无二致的。

该曲表现出作者颇为疏狂放逸的文人性格和蔑视官场桎梏的气概。全曲活用典故，一气呵成，毫无滞涩生硬之感。其横放豪纵，深得散曲曲体的意理。

◎ 写作技巧

用典是古今诗中最常用的一种表现方法，运用大家熟知的典故、典籍来说明事物，表达情感，阐述观点，往往能起到事半功倍的效果。袁枚曰："人有典而不用，犹之有权势而不逞也。"这说明用典是理所当然的事。

化用典故有三种方法：

1. 用事，就是把历史故事提炼成诗句，借以评价历史人物事件，或以古喻今、借古讽今，或表达思想、抒发感情。用事最常见的是咏史、怀古之类的。如李白《永王东巡歌》："三川北虏乱如麻，四海南奔似永嘉。但用东山谢安石，为君谈笑静胡沙。"

这首诗写于李白为永王李璘幕僚时写的，当时处于安史之乱中。诗中用了两个典故，一是永嘉，这是晋怀帝的年号，这一年前汉刘曜攻陷京都洛阳，天下大乱，以此来形容安史之乱，非常贴切；二是谢安石，就是谢安，前秦苻坚率兵进攻东晋，谢安东山再起，大破苻坚于淝水，史称淝水之战，表达了诗人希望有本领的将领能够平定安史之乱的愿望。再如春风化雨《端午》："端午九歌扬，楚天闻粽香。濯缨于汨水，千古话沧桑。"

在怀古诗中，用典是最常见的。此诗中几处用典，一是"九歌"，乃屈原之诗一；二是粽香，端午吃粽，民俗也，以祭祀屈子；三是汨水，为汨罗江，乃屈子投江之处。以上三典都与屈原有关，借之来怀念屈原是非常自然的事。

2. 用句，就是将前人典籍中的句子，引用到自己的诗中。如苏轼的《送张嘉州》："峨眉山月半轮秋，影入平羌江水流。谪仙此语谁解道，请君见月时登楼。"

这是直接引用，前两句是李白《峨眉山月歌》中的原句。嘉州是现在的四川省乐山市，李白当年写《峨眉山月歌》是经平羌江而下写的诗，平羌江于乐山市流入岷江。于是苏轼在送友人去嘉州的时候，自然想到李白的这首诗，进而引入诗中，表达自己的思想与情感是比较恰当的。

再如王安石的《梅花》："墙角数枝梅，凌寒独自开。遥知不是雪，为有暗香来。"

这是套用前人句子的一种方式。南朝苏子卿《梅花落》中有"只言花是雪，不悟有香来"之句，王安石对此进行修改并套用。

这首诗化用了杜甫《丹青引赠曹将军霸》中的"英姿飒爽来酣战"。

3. 用词，就是把前人的文句缩简为一个词语用在句里。如周恩来的诗："大江歌罢掉头东，邃密群科济世穷。面壁十年图破壁，难酬蹈海亦英雄。"

这首诗里用了四个典：一是"大江歌罢"，让人想起了苏轼的《念奴娇》；二是"面壁十年"，让人想起了达摩面壁十年的典故；三是"破壁"来自神话传说，南北朝时张僧繇在壁上画龙从不点睛，说是点睛就会使其成为真龙飞去，有一次别人促其点睛，结果龙真的破壁而去；四是"蹈海"，战国时鲁仲连坚持自己的政治主张，说如果不能实现，宁可"蹈东海而死"。

用典也不可随便用，一要用得自然得当，忌生搬硬套；二是精而毋滥，不能滥用典故而没有自己的观点；三是要熟不要生，忌用生僻的典，因为用了也不能说明问题，反而起不到应有的作用。

《〔双调〕殿前欢·登江山第一楼》
——大胆想象，善于创新

◎ **作者**

乔吉

◎ **原文**

拍栏杆，雾花吹鬓海风寒，浩歌惊得浮云散。细数青山，指蓬莱一望间。纱巾岸，鹤背骑来惯。举头长啸，直上天坛。

◎ **译文**

拍着栏杆，强劲而湿润的海风带着如雾的水汽迎面扑来，吹得鬓发飘展。放声歌唱，歌声冲天，惊得浮云四散。细细查数重重青山，蓬莱仙境在一指相望间。戴着纱巾像古人王乔那般遨游云空，抬头仰天长啸，直上那高高天坛。

◎ **写作赏析**

这首曲开头三句写出一种旷远的境界，进入全曲主题。作者站在多景楼上手扶着栏杆，顿时诗兴大发。这两句直接切入了"登楼咏叹"的主题，且营造出一种悲凉的氛围，气势十分恢宏，开篇立意不凡，故明代朱权在《太和正音谱》中评价乔吉："乔梦符之词，如神鳌鼓浪。若天吴跨神鳌，噀沫于大洋，波涛汹涌，截断众流之势。"其言不谬。宋代辛弃疾《水龙吟》中有言："把吴钩看了，阑干拍遍，无人会，登临意。"乔吉此句与之有异曲同工之妙。《论语·述而》曰："不义而富且贵，于我如浮云。"在中国古代的诗文之中，"浮云"多指那些功名利禄、不足挂心的俗事。乔吉性格骄傲不逊，不肯入俗流，"浩歌惊得浮云散"便充分展现了其藐视现实、孤傲自诩的性格特点。从此处开始，作者的思绪便发生了转折，开始进入一个虚幻的世界，也暗含着作者的理想和追求。

接下来四句写作者对神仙般生活的无限向往。"细数青山，指蓬莱一望间。纱巾岸，鹤背骑来惯。""细数青山"，暗用买山之典，本意指归隐，作者在这里则借以表达超脱情怀。"一望间"谓作者之心境实与仙境一脉相通。求超脱是古代文人一种普遍的心境，乔吉《〔中吕〕满庭芳·渔父词》有"回首是蓬莱"之句，乃是此心境更明确的表露，可作此句的注脚。而"鹤背骑来惯"则是作者以王乔自喻。一个"惯"字，下得极洒脱，表现了超脱尘俗之念，遨游于无羁无绊的天地间乃是作者一贯追求的人生至境。

末二句写作者感觉自己直上天坛，得道成仙。作者以"举头长啸，直上天坛"把这种仙境推向全曲的归结，收束了全篇。它与"浩歌惊得浮云散"在意脉上相呼应：摆脱了人间"寒"气，摆脱了"浮云"的缠绕，作者的身心便似乎进了"天坛"。从"举头长啸"四字中可以深刻感受到作者心中无法释怀的愤懑之情，正因为如此，他才想要摆脱世俗的烦心之事，到达自由之境。

全曲充满了一种与前代"登楼"之作所不同的意趣，是这个总格调的典型体现，所以曲子深沉，但不悲切；慷慨，但不凄凉。从此曲的酣畅豪爽中，我们可以体验到一种渴望自由的生命之力。然而，乔吉的这种豪放之情，也让人感到一丝"雾花吹鬓海风寒"的冷气。

◎ 写作技巧

想象类文章的类型主要有四种：

1. 运用科技知识、科技信息写成科幻类文章。

2. 童话。

3. 将所写之物拟人化，让它自述。

4. 写梦等等。

想写好想象类文章，要注意以下几点：

1. 想象要大胆合理。想象要大胆且有新意，具有时代性的同时，注意合理性。想象的合理指想象要基于现实。即使是科学幻想，也应以当今世界科技发展水平为基础来展开想象。想象不是狂想、妄想，既要基于现实，又要超越现实。

例文："呈现在眼前的是一个奇异的、科技发达的世界。这里的房子真叫人眼花缭乱。房子不仅有苹果形、香蕉形、狮子形……还有一些像树木一样的房子，非常别致。"（张子茹《乔迁太空之后》）

2. 想象要善于创新。文章贵在创新。在想象类文章中，可以颠覆传统的经典故事，也可以把目前的热门话题迁移到文中的人物身上来，将它们作为文中的故事情节，会取得意想不到的效果。

例文："随着科学技术的发展，昔日的自行车、摩托车以及飞机、客船……早已被淘汰了，取而代之的是太阳能汽车。这种车既不浪费汽油，又不会污染环境，而且里面装有感应器，当别人快要撞到的时候，感应器就会立刻发出信号飞到上空，避免发生交通意外。感应器还有另一种功能，就是当有小偷想偷车的时候，感应器马上发出警告信号，通知主人，而且用磁器把小偷吸住，等警察来处理。"（张子茹《乔迁太空之后》）

3. 构思要巧妙。想象作文不是写现实的事物，这就要求我们在构思上动脑筋。无论在结构上还是在情节上，构思都要力求新颖、巧妙，能深深吸引读者。

例文："地球已被人类污染了，很快就会灭亡。到时候，人类到哪儿住呀？对了，可以迁到太空中呀……"（张子茹《乔迁太空之后》）

4. 中心要明确。想象作文不是闭门造车，不是为了编造故事，而是要表达对未来的希望、对理想的追求，具有积极向上的主题和中心。

例文："人类在太空里住得十分快乐，每天都过着无忧无虑、美好幸福的生活。在这里，再也没有战争，是个和平的世界。啊，这一切是多么的美好，人类继续在太空中创建自己的家园，齐心协力把这个太空装扮得更加繁荣，更加多姿多彩……"（张子茹《乔迁太空之后》）

《〔黄钟〕人月圆·吴门怀古》
——展开联想，拓展思路

◎ **作者**

张可久

◎ **原文**

山藏白虎云藏寺，池上老梅枝。洞庭归兴，香柑红树，鲈鲙银丝。

白家池馆，吴王花草，长似坡诗。可人怜处，啼乌夜月，犹怨西施。

◎ **译文**

相传这座高山因隐藏一只白虎而得名，虎丘寺淹没在这高山密林之中。池水旁和山崖上长满了苍老的梅树。望着眼前的美景，不禁想起了当年范蠡功成归隐泛舟太湖之行，仿佛看到了陆绩怀揣红橘从枫林归来赠母的情景，似乎听到了张翰不图名爵而起驾回乡欲吃鲈鱼细丝的命令。伴着思绪观赏着美景，又仿佛出现在白居易的池馆前、吴王的姑苏台边，似乎听到东坡仍在长吟虎丘美景。就在这美妙的遐思中，耳畔又仿佛传来了乌鸦在月夜中的哀鸣，这声声凄惨的啼叫，莫不是西施发出的亡吴之恨的哀声。

该曲开头的"山藏白虎"是指苏州西北的虎丘。相传吴王阖闾死后就葬在这里，三日后，"白虎蹲踞其上，故名虎丘"。以虎丘为题材的作品，往往发思古之幽情，写兴亡之感叹。"云藏寺"说的是虎丘山寺的风光。苏轼曾在此写过一篇《虎丘寺》："东轩有佳致，云水丽千顷"。青山葱郁，白云缭绕，金寺若现，就在读者沉浸在阆苑仙葩的虎丘山景之中时，作者把镜头拉近，描绘"池上老梅"。这里的池是虎丘山下的剑池。池边飞岩如削的崖壁上斜伸着几株槎枒苍老的梅树，与上句结合起来，远近相辅，高低错落，虚实交映，尽显笔致的空灵。

"洞庭归兴"由景入情，引发作者联想。"洞庭归兴"借用范蠡功成隐退之典。后人常用此事称道鄙薄名利的品格。"香柑红树"一句，作者由四时果鲜的太湖洞庭而想到尤为出名的洞庭红橘，又由红橘追忆了三国时陆绩怀橘归遗其母的典故。"鲈鲙银丝"用晋人张翰之典。作者连用三个典故，不仅切合怀古之题，也表达了作者一生沉抑下僚、偃蹇仕途终于勘破世情的顿悟：一切功名富贵，荣辱兴亡只不过是过眼云烟，故应尽快知机隐退，远祸全身。

"白家池馆"写的是白居易任苏州刺史时来虎丘游玩的遗迹。"吴王花草"化用李白《登金陵凤凰台》中的诗句"吴宫花草埋幽径"。吴宫相传为阖闾、夫差所建，多有奇花异草，吴亡之后被焚烧。这里有吊古伤怀之意。"长似坡诗"是前面两句的归旨，说的是虎丘仍然像当年苏东坡《虎丘寺》中描写的那么美好，但已物是人非，曾在这里留下足迹的人却福祸无常，最终都流散在沧桑的历史长河之中，只剩下虎丘的美景告诫着世人历史兴亡之感和人世幻灭之伤。

作者承"吴王花草"而下，进一步感慨兴亡。西施以美色诱惑吴王，最终导致吴国灭亡。而今这冷清的月夜里，凄厉的乌啼还在诉说着荒淫误国之恨。这种凄凉的意境更深化了"最怜人处"的兴亡之感。

该首小令由景入情，抒发怀古伤今之叹。作者还工于用典，几乎做到"无一字无来历"，正如明王骥德所说"曲之佳处，不在用事，亦不在不用事"，而在于是否"引得的确，用得恰好"（《曲律·论用事》）。作者虽然在曲中频繁用典，也化用了许多人的诗句，却结合了作者的领悟和构思，创造出新的意境，堪称张可久怀古小令中的佳品。

◎ **写作技巧**

丰富的联想可以开拓作者的写作思路，使作者写起文章滔滔不绝，思路清晰，有条不紊。联想是写作智力活动的翅膀，不振作它，写作活动是绝对不会凌空高飞的，因为作品是客观事物在作者头脑中的反映，从客观事物到一篇文章，一个十分重要的步骤就是作者头脑对客观事物进行加工时的思维活动——联想。

作文不是生活的原始记录，而是具有联想，能扬善惩恶的武器，要想使这个武器发挥作用，就要将它与社会联系起来，使美的东西更美，丑的东西更丑。具体地说，记叙性的文章有联想才能生动、形象。例如对于季节的描绘，下文是这样写春："瞧，翠绿的大幕拉开了，春姑娘穿着五彩缤纷的霓裳，轻盈地走上舞台。她把长袖一挥，大地上的草丛树木都披上了绿装。她从身后拿出一只漂亮的花篮，用纤巧的手拿出一束束五彩缤纷的花朵，向台下撒去。鲜花飞向绿色的大地。立刻，嫩绿的翠叶间缀满了朵朵鲜花，恰似在绿色的锦缎中，用五色线绣出了怒放的花朵……"文章将抽象的季节概念转化成人物形象，别开生面，形象感十分突出。

如果没有联想，思路就狭窄，写不出东西来。时不分古今，地不分中外，美不分点面，理不分正反，凡是立意需要，皆可以浮想联翩。

当代一位女作家曾经举了这样的例子说明联想的作用——寒冷的清晨，玻璃窗上冻上了冰花，一般人见了只是想："呵，昨晚真冷。"但是善于联想的人会想："严寒像一个顽皮的魔术师，时时地编出新节目来，玻璃就是他演出的舞台。"或者会想："冰雪覆盖了大地，然而春花夏草并不愿意离去，常悄悄地把自己的剪影，请风儿送到窗子上，以唤醒人们对夏日的怀恋。"如果以这些联想为出发点，就可以推进思路的开展，写出很有意思的文章来。这样的作文能不感人吗？但从大部分学生的作文上看，不少学生只是表层式的联想，看到石拱桥联想到长虹。而我们提倡的是感悟式联想，即带有心理特点而且渗入感悟的联想。例如："喝着这样的好蜜，你会觉得生活都是甜的。"由蜜展开联想，生活的甜蜜靠味觉是无法感知的，它不停留在味觉上，而由作者的艺术心理感悟，这样的联想才有价值。

展开联想并拓展写作思路的方法很多，最常见的有下面几种：

1. 接近联想。接近联想是对两种或两种以上的事物在空间或时间接近的基础上产生的联想。

2. 相似联想。相似联想是由两种不同事物在某一点上有所相似，因而展开联系。

3. 延展联想。延展联想是以一件物、一桩事、一个人或一种现象为中心，延伸、展开、推进思路，联想到这物、这事、这人、这现象在不同时间、不同阶段或不同地方、不同场合下的不同情况。

4. 相关联想。相关联想是由生活中的某一事物联想到与之有某种关系的另一些事物。除此之外，还有横向对比联想、纵向对比联想、推测想象、假设想象等。

第八章

讥评时弊，学主题提炼

《〔双调〕水仙子·赋李仁仲懒慢斋》

——明确主题，确立方向

◎ 作者

乔吉

◎ 原文

闹排场经过乐回闲，勤政堂辞别撒会懒，急喉咙倒换学些慢。掇梯儿休上竿，梦魂中识破邯郸。昨日强如今日，这番险似那番。君不见鸟倦知还。

◎ 译文

既然走过了热闹的戏场，享受一回安闲又何妨；既然辞别了忙碌的公堂，显露一会儿懒散也应当。急性子连珠炮说话倒了嗓子，如今不妨学着慢些讲。就是搬来了梯子，也别往高危处上，荣华富贵不过是一枕黄粱。世风日下，一天不如一天；世路险恶，一方赛过一方。您不见鸟儿到了黄昏，还懂得掉转方向，朝着自家的旧巢飞翔。

◎ 写作赏析

李仁仲以"懒慢斋"为自己的斋号，其愤世嫉俗的反语意味是不言而喻的。作者在这首小令中，更是将主人的此层含义铺展发挥得淋漓尽致。他把纷纷扰扰的世俗人生比作戏场，"闹排场经过"五字便概括了李仁仲此前的全部阅历，而"乐回闲"则是从戏场上抽身脱出，从容获得作壁上观的闲适和享受，所以这一句已对"懒慢斋"的性质和意义作出了总评。以下两句分别诠释"懒慢斋"中"懒"和"慢"的含义：过去在官场中忙忙碌碌，所谓"勤政"，如今无官一身轻，"撒会懒"是天经地义的事；过去性直口快，在戏场上扮了个"急喉咙"的角色，

213

结果吃力又不讨好,如今稳坐场下,"学些慢"也是顺理成章的。这三句中都包含着截然分明的对比,语言冷峭,既回顾了"懒慢斋"主人曾经沧海的阅历,又显示了他达道知机、急流勇退的明智。从这段开场白中,读者可见李仁仲以"懒慢"命名斋室,是在他脱离官场的桎梏之后。而作者探本究源,下文便转向对宦海风波的揭露。"掇了梯儿上竿"是元代的一句俗语,从作者在曲中的借用来看,李仁仲并非在官场中混不下去,他甚而还有"上竿"进一步发达的机会。好在他经历丰富,头脑清醒,早就识破了富贵荣华"一枕黄粱"的虚幻实质,不愿再步邯郸旅店中卢生的后尘。也亏得他如此果断,不愧为未雨绸缪。"倦鸟知还"出自晋陶渊明《归去来兮辞》的名句:"鸟倦飞而知还。"作者用"君不见倦鸟知还"的反诘,是代李仁仲述怀,写出了"倦鸟"飞还"懒慢斋"的理所当然。

这首小令,起首三句用鼎足对,表现出对宦海仕进的失望和轻蔑,是疏狂语;四、五两句,借俚语、典故表明急流勇退的果决和明智,是经验语;六、七两句,则直言沉溺官场执迷不悟的危险,是警醒语。由此引出"倦鸟知还"的结论,水到渠成,饱含着对友人求取"懒慢"的理解与赞赏。全篇一气呵成而感情由缓趋迫,句冷意隽,老辣灏烂,遣词用句都体现了元曲"当行派"的风格。

◎ 写作技巧

主题,就是我们通常所说的中心思想。文章的主旨,就好比是人的灵魂、军队的统帅,它主宰着全篇,是写好文章十分重要的因素。鲜明正确、单纯集中、深刻新颖,应该是我们在处理作文主题时的最基本的追求。

中心含混、主题不明具体表现在:有的是文章选用的材料间缺乏必要的联系,如同一堆散落在沙滩上的贝壳,看起来晶莹剔透,却始终难以组成和谐的整体；有的是文章思路紊乱，前后不一，如同一座现代化的钢铁建筑，却偏偏修了一个中国古典的屋顶；还有的是抒情空洞、议论空泛，说了一堆没有针对性的空话，就如同号称是"包治百病"的灵丹妙药，最终什么病也无法医治。

生活中如果某些人或事引起了我们的兴趣，使我们触动，让我们得到启发，引起了我们的联想，这时，我们就会产生一种想反映事物、表达感受的念头。在这个基础上进一步思考"我想要告诉别人什么"，先前模糊的感觉就会明确、清晰起来，于是一篇文章的主题就这样诞生了。因此，生活是主题的基础，思考是主题的关键。

选择了好的题材，确立了理想的标题，还必须赋予它一个灵魂，即主题思想。

无论什么样的文章，它都应该有一个主题思想。没有思想的文章，就如同一个没有灵魂的人。无论你写的文章长还是短，你都想通过文章告诉别人一个想法、一个观点，要向别人传递某种信息。世界上没有人无缘无故地去写文章，想写文章，总是想对别人说点什么。说什么呢？这就是你要表达的主题思想。其实，主题思想是不用你说的，它是文章语言之外的东西，不用你刻意去追求它，在你决定要写一篇文章时，它就自然而然地出现在你的文章里。笔尖上写出来的是字，文章里蕴藏的是主题。"文无三行空"，说的就是这个意思。当你写下三行字的时候，必然会产生一种思想。

如果我们将文章的标题比喻为路标，那么文章的主题就是"路"。如果一个人不确立主题，漫无目的地去写一篇文章，就好比在黑夜行进于大漠之中，不知自己该往哪走。文章有了明确的主题，就像黑夜中看到了灯，找到了路，你的行程也会更明确。

既然文章的主题这么重要，是不是每一篇文章都得想好主题，然后动笔写呢？也不尽然。文章主题的产生有三种情况：一种情况是自己心中有了要表现这种思想的愿望。比如你看到小孩乱摘花朵，你就想写一篇文章，告诉人们应该保护花儿。这叫主题先行。还有一种情况不是这样的。比如本来是想唤醒人们爱护花朵的，可写着写着，就写成为什么有些孩子爱摘花朵，却不知道摘花朵是不对的呢？这就与先前确定的那个主题有了差别，变成家长、社会如何教育孩子的问题。那么，你的主题就必须服从行文，把行文往新的主题上靠。这叫主题中行，是在写作过程中形成的主题。第三种情况是在下笔前，自己所要表达的思想不明朗，等文章写了大半或者写完了，茅塞顿开，发现自己所要表达的思想原来是这样的，赶快改弦更张，向你忽然明朗了的主题思想上靠拢。这叫主题后行。

文章的主题，无论是下笔前先有的，还是在写作过程中明朗起来的，还是写好后才确立的，这些都没有硬性规定，只是凭你当时的写作感觉而定。不过，要强调的一点，就是每一篇文章必须要有鲜明的主题，这是无可争辩的。

说到这里，我们不妨举个小例子，来看看人家是怎么确立文章主题的。有一篇文章叫《爸爸和书》，这是以第一人称写的文章。从小"我"家很穷，一天，爸爸为了给"我"买一本《皇帝的悲哀》这本书，为省钱不坐车回家，而走很远很艰难的山路回家。"我"手里拿着那本小书，心里觉得很暖和，刺骨的寒风吹在脸上也不觉得冷。后来爸爸生病了，家里的日子过得更为艰难。但家里只要有一点钱，"我"宁可过节衣缩食的日子，也要买本书。

这篇文章很短，从头到尾一千来字，却表达了一个十分深刻的主题：书是人生的精神食粮。一个人不吃食物，饿的是肚子；一个人如果不读书，饿的却是灵魂。如果一个人只顾吃饱了饭而不读书，吃得再多，也只是一堆肉而已。

也许在作者写作之前，就想到要表现书对人生的重要性这一主题，但是在行文中，他说过一句"书很重要"的话吗？没有。作者十分巧妙、十分含蓄地将这种强烈的愿望表达在行文中，让爸爸和"我"这两个人物形象来体现文章的主题，使这篇文章更有感染力。

《〔中吕〕阳春曲（笔头风月时时过）》
——抑扬结合，突出主题

◎ **作者**

姚燧

◎ **原文**

笔头风月时时过，眼底儿曹渐渐多。有人问我事如何，人海阔，无日不风波。

◎ **译文**

吟风咏月的笔墨生涯匆匆流过，眼底下儿孙小辈日渐增多。有人问我人事如何，人海无边的辽阔，没有一天没有风波。

◎ **写作赏析**

"笔头风月时时过，眼底儿曹渐渐多。"随着笔下的风花雪月一年一年地消逝，跟前的儿女子孙也一个一个多了起来。时光荏苒，转眼间诗人已到暮年，儿孙满堂。这两句是明显的对句，无论从词性、句子的结构，还是平仄搭配上看都对仗工整，而且构思巧妙，前句从多说到少，后句从少说到多。

前面两句以平常的口吻和简单的文字描绘了一幅宁静、恬淡的生活景象，实际上是为后面的"无日不风波"做铺垫。平静的背后潜藏着跌宕起伏的"风波"，这种情绪上的反差，正是作者别出心裁的设计。

"有人问我事如何"一句以设问引起转折，问的是仕途的命运，家事的前途，从上面对时光流逝的感慨转为对广阔人生的思考。最后两句"人海阔，无日不风波"是对设问句的回答，同时也是他对一生仕途生活的总结。人海茫茫，社会广阔，人事纷争，无时无刻不是在各种"惊涛骇浪"中颠簸，随时可能身陷危机，这一略显消极的总结体现出作者对现实的不满之情。

◎ **写作技巧**

抑扬法，通俗地说，就是褒贬法。"抑"对应贬，即批判、贬损；"扬"对应褒，即赞美、褒扬。

抑扬法有两种呈现方式，即先后式和同步式。先后式又分为先抑后扬、先扬后抑两种形式。

1. 先扬后抑。就是先赞美，后贬损，又称为欲抑先扬。"扬"为虚，"抑"为实，作者实际持贬损、批判态度。这里的"扬"集中在人物外表、表面行为上；"抑"集中在人物的本质心理、品质、情感、精神境界上。表面之美与本质之丑形成鲜明的对比，以外在之美反衬内在之丑，人物的丑陋形象便在作者的笔下得以凸显。

2. 先抑后扬。就是先贬损，后赞扬，又称为欲扬先抑。"抑"为虚，"扬"为实，作者实际对笔下的人和物持赞美、褒扬态度。这里的"抑"集中在人物外表、表面行为上；"扬"集中在人物的本质心理、品质、情感、精神境界上。表面之丑与本质之美形成鲜明的对比，以外在之丑反衬内在之美，人物的高尚形象便跃然纸上。

先后式抑扬法，抑扬总是一先一后出现。无论是先贬后褒，还是先褒后贬，都是假意在前，真意在后——作者先虚晃一枪，以假意将读者引入反向思维，诱入迷阵，然后借助故事情节的发展，让读者渐渐醒悟，最终恍然大悟，明白作者是"醉翁之意不在酒"，是欲擒故纵。

同步式也分为两种，一种是以扬写抑，另一种是以抑写扬。

1. 以扬写抑。看似"扬"，实为"抑"。从字面上和作者表达语气、用词的感情色彩上看，作者都是在赞扬笔下的人或事物，细细一品，实际是对笔下人、笔下物的贬损。字面上的"扬"是假，"抑"才是作者写作的真实目的。以表象之美反衬本质之丑，人或物的丑陋形象更突出。

2. 以抑写扬。与以扬写抑正相反，从字面和语气上看，作者始终是在批判、指责笔下人或物，稍一思考，实际是在赞美笔下人或物。作者以表面之丑反衬本质之美，人或物的美好形象便会显得更加突出。

同步式抑扬法，"抑"和"扬"同时呈现，一个为表，一个为里，写表的同时表现里，这一点和先后式完全不同。同时，同步式抑扬法，表为虚，里为实，表里不一，作者真正的表达目的为里。或以表之美反衬本质之丑，突出反面形象；或者以表之丑，反衬本质之美，突出正面形象。

运用抑扬法会产生一些艺术表达效果：

1. 增强表达的艺术性。常规的表现形式是以美的外在表现美的内在。而抑扬法突破了表现的常规，运用曲笔——曲径通幽、声东击西，表达方式更为艺术。

2. 故事情节跌宕起伏，引人入胜。文似看山不喜平，运用抑扬法，一抑一扬，峰回路转，故事情节起伏跌宕，文章更具文学性、趣味性，吸引读者，更能激起读者的阅读兴趣。

3. 更能引发读者深思，给人以深刻的人生启迪。抑扬同时存在，美丑并存，虚实并举，让读者在阅读时能深刻地思考什么是真正的美，什么是本质的丑，教会读者思考，引导读者审美，指引读者怎样做事，怎样做人。

4. 更能突出人物形象，突出文章主题。一抑一扬，彼此对照，互为反衬，使人物的精神、品质、性格、灵魂更突出，而这些内在本质正是作者要表达的主旨。

《〔双调〕湘妃怨·怀古》
——渲染气氛，烘托主题

◎ **作者**

张可久

◎ **原文**

秋风远塞皂雕旗，明月高台金凤杯。红妆肯为苍生计，女妖娆能有几？两蛾眉千古光辉：汉和番昭君去，越吞吴西子归。战马空肥。

◎ **译文**

在萧瑟秋风中王昭君跟着打皂雕旗的人到塞外去，明月高照时西施常常在姑苏台上端起金凤杯侍候吴王。一个女子能为人民的利益着想，这样的美女古往今来能有几人？两个美女的事迹千百年来都闪耀着光辉。汉元帝与匈奴和亲时昭君出塞，越国攻灭吴国以后西施才回越国，养肥了的战马也就无用了。

◎ **写作赏析**

该首怀古曲高度赞美王昭君和西施。虽然她们都是被统治阶级所利用的人物，但在客观上对民族的和睦作出了极大的贡献。"肯为苍生计""千古光辉"，是极有见地的评价。结尾说"战马空肥"又深刻讽刺了封建统治者的昏庸无能。

小令开首两句，以十分简洁、形象的语言点出了环境和事件。写塞外旅骑，壮豪中颇多凄凉意味；写灵岩歌舞，清冷间不乏妩媚之处。细细品味，使人如身临其境，如闻其声，如见其人，读者的视听感官似乎全被调动起来，深深为句中的意象所感动。第二层中间五句，前两句说肯为苍生着想，以救天下为己任的"红妆""妖娆"能有几人，后三句答引出昭君和番、西施入吴的故事。作者先用"红妆"言装束之盛，继用"妖娆"描体态之媚，再用"蛾眉"赞容貌之丽，最后才点出昭君和西子的名字和她们惊天地、泣鬼神的壮举，并冠以"千古光辉"四字，至此，昭君和西子既是绝世佳人，又是巾帼英雄的形象才完美地展现在读者面前，有夺目之艳丽，有凛然之浩气，形象之完美达到了登峰造极的境地。第三层，最后一句"战马空肥"，是整首小令的点睛之笔，是对怯懦无能的封建统治者的猛烈抨击，是对饱食终日，只会"山呼万岁，舞蹈扬尘，道那声诚惶诚恐"，而一旦国难当头却夭夭逃之的文臣武将们的尖刻嘲讽。"战马空肥"，一字千钧，揭开了封建社会痼疽之所在，表现了作者无比的愤慨。五十字的小令，有真挚的赞美，有无情的鞭笞，倾注了诗人全部的爱和憎。

◎ 写作技巧

渲染是在叙事的过程中，作者通过刻画事件发生的环境、当时的场面、整体的氛围，凸显作者本人或文中人物独特的心理，给读者以身临其境的感觉，诱发读者的情感共鸣，增强文章感染力的一种技法。在文学作品中，我们常常能见到的氛围有喜悦热烈、平静轻松、恬静闲适、清幽超然、庄严肃穆、紧张恐怖、压抑悲伤、凄凉哀婉、孤寂无助、沉重凄苦、绝望木然等。

渲染气氛有两个角度：一是正面渲染，一是侧面渲染。

正面渲染，就是借助核心事件，凸显故事情节本身或悲或喜的属性、紧张或闲适的属性、轻松或沉重的属性，刻画主要人物经历、命运、心理、情绪、感受，从核心事件和主要人物的角度直接营造某种独特的气氛。

侧面渲染，就是借助事件发生的环境、氛围以及主要人物以外其他人或事物的行为、状态，营造某种独特的气氛。

侧面渲染是正面渲染的辅助，通常情况下，侧面渲染与正面渲染的氛围特点要保持高度一致，侧面配合正面，为正面服务。例如叙写的故事喜剧色彩浓郁，侧面渲染同样凸显喜悦气氛，创造喜上加喜的氛围；如果叙写的故事本身是个悲剧，写作过程中除了通过故事情节正面渲染悲凉气氛外，侧面渲染也要极力渲染悲凉的气氛，努力营造悲上加悲的氛围，达到催人泪下的效果。但有时，作者为了凸显人物命运，也采用反向渲染、对立配合的形式。例如鲁迅的《祝福》，正面叙写祥林嫂一生的悲惨遭遇以及在大年夜悲惨死去的结局，极力渲染悲凉的气氛，但环境都是忙着迎接新年的喜悦氛围。以喜悦氛围反衬祥林嫂的悲惨人生，将悲凉氛围推向极致。在驾驭难度上，后者远远高于前者，因为后者涉及渲染的尺度和过渡转换，前面的喜中往往是压抑的喜，是流着眼泪的微笑，不是真正意义上的喜悦，一旦拿捏不准，要么前后矛盾，要么无法完成由喜到悲的转换。

另外，随着故事情节的发展，主要人物的心理、感受、情绪、情感也会随之发生微妙变化，因此渲染气氛要随着情节的改变、人物命运改变，人物的心理、感受、情绪、情感的变化而变化，不能僵化死板。

渲染气氛的方法主要有以下几种：

1. 环境渲染法。这是最常用的一种渲染气氛的方法，就是抓住事件发生的环境中的几个事物，通过特定事物的选择、色彩的刻画、声音的刻画、物态的刻画、感受的刻画以及整体环境给人的感受描写，营造独特的氛围，表现作者或文中主要人物的心理、情感、情绪、感受。

2. 人物场面渲染法。这种方法刻画的对象主要是人，一般针对的是群像，通过刻画场面中不同人物的表现和整个人群的共同表现来渲染气氛。例如正面描写一个运动员在两百米决赛中很快就要超过前面的运动员时，加上一段人物场面描写，渲染一种热烈、激烈的场面，表现竞争的激烈和人物的情绪："看台上的人不约而同地站立起来，鼓声、呐喊声瞬间变得激昂起来。有的在喊着运动员的名字，有的拼命地挥动手臂，有的紧紧地攥着自己的手，绷紧全身的肌肉为运动员加力，有的干脆离开看台，跑到终点零距离为运动员加油……每一个人的神经都在这一刻被拉长、被收缩到了极限。"

3. 情节渲染法。就是通过细节描写，以情节的紧凑、动作的迅捷、时间的短暂来表现气氛的紧张；以情节的舒缓、动作的轻柔、时间的缓慢来营造轻松闲适的氛围；以情节的缓慢、动作的缓慢沉重、时间的停滞来营造压抑和沉重悲伤的氛围……例如描写一个反扒警察上车抓小偷的过程："车门刚刚开启，他一个箭步踏上门口的车梯，右手抓住门边的扶手，借助肘部的反扣力量，身子向内一旋，整个身体像一个快似闪电的香蕉球，破门而入。要下车的人还没回过神来，站在第二个乘客背后的人已经被他揪住衣领，按在地上。"又如描写一个学生中考落榜后的情节："没有眼泪，没有表情，整个世界突然在他的眼前消失了，自己的灵魂和思想也突然了无踪影，剩下的只是一个躯壳，一个没有感知的物体，就像草地上散落的石头和暴露在骄阳下的泥土。他茫然地拖着沉重的腿、麻木的身体，沿着空阔的广场向前一步一步地走着，不知道自己要走向哪里，只是茫然地向前移动着身躯……"

4. 时间渲染法。以时间为文章的明线，选择若干个时间点，每个时间点精确到几时几分，甚至精确到秒，每个时间点之间相差无几，通过时间的分秒变化，来呈现故事情节的发展，营造紧张、焦急的氛围。例如《为了六十一个阶级兄弟》一文记叙了六十一个人食物中毒，生命垂危，政府远距离调动药品设备救人的过程，作者就采用了这种方法。一般对于重大事件报道，通常采用这种方法。

5. 镜头切换法。以一个时间点或小的时间范围为定点，描写不同地域人们都在做什么，渲染一种独特的气氛。例如新闻报道正月十五："全国各地以不同的方式，欢度元宵佳节，神州大地处处洋溢着一种欢乐祥和的景象：在陕南，人们展开了极具地方特色的'八百里秦川放歌大赛'，成千上万的人积聚在渭河边上，隔河放歌秦腔古调；在山西，人们一大早便摆开了威风锣鼓，将丰收的喜悦和对美好未来的憧憬，凝聚在欢快雄浑的鼓乐中；在东北，各种高跷队、秧歌队天一亮，就舞上了街头，二人转更是传遍了白山黑水……"作者以正月十五为定点，镜头在陕南、山西、东北等地转换，整体渲染一种欢乐祥和的氛围。

6. 心语渲染法。用内心的独白、责问、自问的方式，渲染某种气氛、某种情绪、某种心理。例如："老天啊，为何天下之大，竟容不下我这渺小一人？都说老实人常常在，都说善有善报，恶有恶果，为何我极力为善，却总是厄运缠身？都说苦尽甘来，行春风必得春雨，为何我在吃苦过后还是苦，还是像一片落地的枯叶，随风飘零街头？"作者运用心语责问的形式，渲染了一种悲苦无助的氛围。

7. 循环往复渲染法。在写作过程中，通过一咏三叹式的写法，反复咏叹一种表达情绪、心理、感受、情感的句子，也能营造某种氛围。例如《周总理，你在哪里》一文，反复咏叹"我们对着……喊"，渲染了一种极度思念、悲苦无助的氛围。

8. 数量渲染法。从数字中选取有独特意义、特点突出的数字，来渲染气氛。在数字中，〇代表空无，引申为绝望；一代表最少，也代表至高无上，还代表起步、起点，引申为孤单寂寞、超然物外、高处不胜寒等情绪和感受；千和万代表数量众多；十代表圆满等。运用这些数字，可以营造某种独特氛围。例如："一蓑一笠一扁舟，一丈丝纶一寸钩。一曲高歌一樽酒，一人独钓一江秋。"（王士祯《题秋江独钓图》）作者借助"一"这个独特的数字，反复运用，渲染了远离红尘、超然物外的独特氛围。

9. 悲惨事件罗列法。围绕一个人物，并列叙述他的几件悲惨遭遇，营造一种凄婉、苍凉的氛围。例如朱自清的《背影》第二自然段："那年冬天，祖母死了，父亲的差使也交卸了，正是祸不单行的日子。我从北京到徐州，打算跟着父亲奔丧回家。到徐州见着父亲，看见满院狼藉的东西，又想起祖母，不禁簌簌地流下眼泪。父亲说：'事已如此，不必难过，好在天无绝人之路！'"

《〔双调〕清江引（竞功名有如车下坡）》

——开门见山，直奔主题

◎ 作者

贯云石

◎ 原文

竞功名有如车下坡，惊险谁参破？昨日玉堂臣，今日遭残祸。争如我避风波走在安乐窝！

◎ 译文

争夺功名像马车下坡，谁能看破它的惊险？昨天还是翰林院的大臣，今天就遭遇了灾祸。怎么能和我避开官场的风波，走在安乐的地方相比呢？

◎ 写作赏析

"竞功名有如车下坡，惊险谁参破？"首句起得很有气魄，开门见山，向迷恋仕途的人提出了严重警告：你们知道吗，在仕途上追逐功名利禄的人如同坐在一辆载重的下坡车上一样，随时可能摔得车毁人亡，个中危险谁看破了。首句运用比喻，准确切贴，具有振聋发聩的作用。第二句"惊险谁参破"，实际意思是说谁也没有参破。为了让这些迷恋官场的痴人惊醒，三、四句就用事实来说话："昨日玉堂臣，今日遭残祸。"两句十个字，是充满血和泪的总结，是对古代官场的险恶的真实概括。这是全曲的第一层意思，写官场的险恶，虽篇幅较多，但还不是作品的主旨所在。

"争如我避风波走在安乐窝"是第二层，点明全曲主旨。"风波"指"竞功名"的官场生活。宋代邵雍曾隐居河南苏门山中，题所居为"安乐窝"，后世遂以"安乐窝"代指隐居安逸的生活。全句是说，这一切怎么比得上我躲避政治斗争、辞官归隐。全曲集中笔墨描绘"竞功名"的危险，是为了同"安乐窝"的生活构成鲜明对比。同"玉堂臣"比，隐逸生活是闲适美好的；同"遭残祸"比，隐逸生活是安全幸福的。这样描写，就使作品肯定的生活具有强烈的吸引人的力量。

这首散曲在艺术上的鲜明特点是把歌颂隐逸生活同大胆揭露官场险恶结合起来写，语言泼辣，道理透彻，使作品具有一定的批判力量，抵消了消极情调，显示出豪迈的风格。

◎ 写作技巧

俗话说："万事开头难。"写作又何尝不是如此呢？很多人提笔写作时，却不知从何写起，煞费苦心，仍不得要领，不尽如人意。叶圣陶先生曾说："文章的开头犹如一幕戏刚刚开幕的一刹那的情景，选择得适当，足以奠定全幕的情调，笼罩全幕的空气，使人家立刻把纷乱的杂念放下，专心一致地看那个下文的发展。"好的开头是文章成功的一半。古人将文章的开头比作凤头，意在强调开篇之重要。

开门见山，是指写作时直截了当交代主旨，不拐弯抹角。其突出特点在于，开宗明义，落笔入题。若运用得当，此法可使议论文的论点鲜明突出，利于作者围绕论点选择论据，展开论证，也便于读者把握文章的要点和结构。此法常见以下四种类型：

1. 引用名言类。"古语说得好，'自古英雄多磨难'。回顾历史，我们会发现，许多名人志士都很注重在逆境中培养自己坚忍不拔的意志。"（《吃苦是福》）此开头，引用古语直接入题，简洁明快，既说明了自己的观点，又为下文的议论张本。

2. 运用修辞类。"自负，像一个泥潭，陷进去，就难以自拔；自卑，像根受了潮的火柴，很难把希望之火点燃。"（《自负与自卑》）此开头，用比喻的修辞来说明主旨，给人具体形象的感觉，便于读者认识所论述的观点。"忠言逆耳利于行，良药苦口利于病，立谏言者事业有成而名垂千古，拒忠言者祸国殃民而遗臭万年。"（《忠臣的心声》）此开头，运用了对比的手法，点出文章的中心论点，鲜明而醒目。

3. 巧设疑问类。"我该坚持什么？我该如何选择？我面对无数疑问，在月夜下独自徘徊……"（《为人格涂上一层亮色》）此开头，巧设两问，开篇入题，用笔极省，借助疑问，吸引读者，同时为下文的议论做了铺垫。

4. 阐释内涵类。"善于读书者，不论读什么书都会有所收获，所以人们常说：'开卷有益。'"（《开卷有益》）此开头，从阐释"开卷有益"的内涵落笔，不枝不蔓，点明了文章的论点，利于下文展开论证。

《〔双调〕水仙子·讥时》
——象形比喻，加分添彩

◎ 作者

张鸣善

◎ 原文

铺眉苦眼早三公，裸袖揎拳享万钟，胡言乱语成时用。大纲来都是烘。说英雄谁是英雄？五眼鸡岐山鸣凤，两头蛇南阳卧龙，三脚猫渭水飞熊。

◎ 译文

装模作样的人居然早早当上了王朝公卿，恶狠好斗、蛮横无理的人竟享受着万钟的俸禄，胡说八道、欺世盗名的人竟能在社会上畅行无阻，总而言之都是胡闹。那些自号英雄的人谁配得上英雄之称？五眼鸡居然成了岐山的凤凰，两头蛇竟被当成了南阳的诸葛亮，三脚猫也被捧为姜子牙。

◎ 写作赏析

这首小令讥讽时政，尖锐地揭露了元朝当政者卑劣腐朽的面目，揭露世风的龌龊败坏。该小令语言犀利泼辣，比喻极具特色，揭露尖刻有力。

这是元散曲中一支妙语连珠的作品。首尾两组工整的鼎足对，尤见精彩。

起始的三句中，"铺眉"与"苦眼"、"裸袖"与"揎拳"、"胡言"与"乱语"是句中自对，互相又成为工对；"时"与"十"同音，借与"三""万"作数字对。"铺眉苦眼"等三组词语活画出了无赖与白痴的形象，与达官贵人的身份形成了绝妙的讽刺。从文意上看，这三句侧重点又有所不同：第一句讽刺内阁，第二句讽刺武将，第三句讽刺高官。总而言之，"都是烘（哄）"，满朝文武全是些瞎胡闹的乌龟王八蛋罢了。

末尾的鼎足对，数字对数字、地名对地名、动物门对动物门不算，妙在同句之内的鸡与凤、蛇与龙、猫与熊形状相像。一头是文人习用的雅语颂辞，一头却是民间口语中带着詈骂性质的语汇，凑在一起，冷峭而生动。三句也各具侧重点：第一句揭示凶横，第二句揭示狠毒，第三句揭示无能。这就让人们清楚地看出，元代社会中各种自封的或被吹捧出来的风云人物究竟是什么样的货色。这三句承接前文"早三公""享万钟""成时用"而写，作者矛头直指上层统治集团的高官要人，一目了然。两段之间，"大纲来都是烘"接上，"说英雄谁是英雄"启下，得此两句愤语绾联，"讥时"的题意便充分地显露出来。

作者这种庄俗杂陈、嬉笑怒骂而尖峭老辣的散曲风格自成一家，被时人称作"张鸣善体"。明代散曲家薛论道就有一首仿"张鸣善体"的《〔中吕〕朝天子·不平》："清廉的命穷，贪图的运通，方正的行不动。眼前车马闹轰轰，几曾见真梁栋？得意鸱鸮，失时鸾凤，大家捱胡厮弄。认不的蚓龙，辨不出紫红，说起来人心动。"语言虽不及本曲灏辣，却能得其神理。

比喻是我们写作时常用的一种修辞手法，通过与甲事物有相似之处的乙事物来描写或说明甲事物，让甲事物更形象和生动，给人以鲜明深刻的印象。

常见的比喻形式有明喻、暗喻和借喻。其实，只要找准了本体和喻体之间的相似性，写起比喻句来，就会更加容易。但是当一个本体摆在我们面前时，我们怎么才能恰当地找到合适的喻体呢？这就需要我们做有心人，在学习和生活中细细观察、多多积累。只有这样，才能更加得心应手地运用比喻的修辞手法。那么，如何运用比喻来为我们写作加分添彩呢？

在使用比喻句的时候，首先需要注意的地方是思考喻体是否新颖。例如："平静的湖面，犹如一面硕大的镜子。"这样的句子虽然合乎情理，但是不够新颖，不能让人眼前一亮。大家在运用比喻句的时候，可以结合自己的生活经验，好好地想一想，如果我们想要描写平静的湖面，还能运用哪些比喻。如果换成"平静的湖面，好似一条柔软的丝带，在阳光的照耀下，散发着耀眼的光芒"，就会显得巧妙和新颖，能够更好地吸引读者的注意。

运用好比喻的第二个关键点，就是比喻要形象。简单点说，就是我们选择的喻体要耳熟能详，只有这样，读者才能更好地感知描写对象的具体形象。还是以上文中平静的湖面为例，我们用硕大的镜子和柔软的丝带来比喻湖面，都是为了说明湖面的平静具体可感。因为平静是一个相对来说比较抽象的形容词，直接描写湖面非常平静，我们还是无法知道这个平静的湖面到底是什么样子。而镜子和丝带都是切实可感的物体，将平静的湖面比作镜子或者是更特别的丝带，我们就能够通过作者的描写，想象出湖面的平静，就像我们生活中常见的镜子一样平，没有任何波澜，或者是像丝带一样，平中带柔。

使用比喻的第三个关键点，就是比喻一定要恰当，切不可牵强。使用比喻来表情达意的时候，最忌讳的就是为了比喻而比喻，过度堆砌辞藻。比喻用好了，于写文章而言，就是锦上添花；要是没用好，就是弄巧成拙。

我们举一个例子："漓江的水绿得像一块碧绿的地毯。"在这个比喻句中，作者将漓江比喻成地毯。这个比喻恰当吗？我们认为，这样比喻是不太恰当的。漓江的水最大的特点是碧绿，通透。在颜色上，漓江和碧绿的地毯有相似之处，可是我们结合生活中的经验可知，地毯通常给人的感觉是毛茸茸的，没有江水通透、纯净的感觉，所以这个比喻句中，本体和喻体之间并没有太多的相似性。如果我们将地毯换成翡翠，"漓江的水绿得像一块碧绿的翡翠"，就会恰当很多。

以上三点，就是大家在使用比喻的手法写作时要注意的地方。如果大家能够运用好比喻，写出来的文章一定会夺人眼目。

《〔双调〕清江引（长门柳丝千万结）》

——立意新颖，不落俗套

◎ **作者**

曹德

◎ **原文**

长门柳丝千万结，风起花如雪。离别复离别，攀折更攀折，苦无多旧时枝叶也。

长门柳丝千万缕，总是伤心树。行人折嫩条，燕子衔轻絮，都不由凤城春做主。

◎ 译文

长门宫外的柳条千缕万缕，微风中柳絮如雪一般白。行人次次离别时，把折柳反复相赠，再次相送时，柳树苦于已无多少枝叶可让人相赠。

长门宫前的柳条千行万行，总引起我的嗟伤。行人任意把嫩枝攀折，燕子衔走了柳花飞向远方，京城的春神又作得了什么主张？

◎ 写作赏析

第一首，前两句"长门柳丝千万缕，风起花如雪"，乃描写长门春景。长门宫外垂柳万千，春风照拂，雪白的柳絮漫天飞舞。表面上看，似乎很有生机，而实际上长门乃失宠的后妃或未得宠爱的宫女粉黛居住的冷宫。居住在冷宫的人，其怨恨之深，是难以言状的。柳丝缕缕下垂，条理分明，本无所谓"结"，却有"千万"，可见并非实写，而是借以比喻被幽禁的皇后内心的无限寂寞和愁肠百结。宫外春柳的繁盛，更显出宫内的冷清，更加衬托了幽居长门之人的无限哀愁。其中第二句，标明为暮春时节，而"风起"暗指伯颜擅权残害忠良之风，以柳絮如雪花般纷纷飘零，隐喻朝中无数无辜的官员文士被排挤陷害而去。

接下来三句，揭示了长门柳的悲惨遭遇。长门虽为冷宫，但毕竟是皇宫重地，"长门"之柳不是门边道旁的柳树，不能随意地任人攀折。如今，却"攀折更攀折，苦无多旧时枝叶也"。"离别复离别"，意指一次次地折柳赠别，不断地经历着生死离别。"长门柳"一再被攀折，旧时的枝叶也就不多了。末句"苦无多旧时枝叶也"和首句"长门柳丝千万结"相对照，既描绘了柳枝由多到少的变化过程，又讽刺伯颜把朝中上下旧的臣僚官员排斥殆尽，喻示了皇室宗亲的不断离去，不断被杀，逐渐稀少。

第二首，写长门宫前的柳树，即使长有千万缕柳丝，也总是一棵伤心的树。行人攀折嫩绿的柳条，燕子衔走了飞扬的柳絮，这一切只因为京城中都由不得春天做主。开头两句，写长门柳枝繁叶茂，春意盎然，但毕竟是长在冷宫外，也难逃悲剧命运，暗喻伯牙吾氏虽贵为皇后，照样被幽禁，同时预示了她最终被害的悲惨结局。而"行人折嫩条，燕子衔轻絮"进一步阐释伤心的理由，是因为"行人"和"燕子"的无情摧残。末句"都不由凤城春做主"，喻指当时伯颜专权，奸佞当道，皇帝昏庸无能和不由皇帝做主的朝政现实。

这首小令立意新巧，把尖锐激烈的朝政讽刺内容隐于被摧残的柳树描写中，寄意深远，善于化用典故，且不着痕迹。

◎ **写作技巧**

立意能力就是确定中心思想的能力，写作时怎样才能做到中心明确突出，立意新颖深刻呢？

有的文章涉及的思想内容很多，但中心思想只能有一个，众多的思想内容都是围绕着一个中心展开。

新颖，即新而别致。立意新颖，指的就是文章立意要新，不落俗套。选取材料讲求新颖，立意更讲求新颖。文贵创新，立意新颖，文章才能吸引人、鼓舞人，耐人寻味。如何立意新颖呢？

1. 打好选材基础。注意选取紧扣时代脉搏的材料，注意选取自己经历、目睹且与众不同的材料，就可以使立意直通"新"的彼岸。因为这些材料中往往包含着有新意的中心。

2. 学会从多个侧面分析材料的意义，从材料新的侧面去立意。多个材料可以表现同一个中心，这是大家都知道的；而同一个材料，从不同的方面去分析，往往又会得出不同的中心思想。这就提示我们，遇到或选取一个材料后，要注意从多个角度分析材料的意义，从正面想想，从反面想想，尤其要重视联系实际，从新的侧面去挖掘材料的意义，然后通过反复比较、选择，进而确立出富有新意的中心。

从元曲中汲取写作智慧